LES

FEMMES EN 1973

PROPHÉTIE

PAR

BRUN-LAVAINNE

PARIS

Gve. GUÉRIN, LIBRAIRE.

11, Rue Mazarine, 11

1873

L'AVENIR

DES FEMMES

PAR

UN RÊVEUR

ROUBAIX

IMPRIMERIE ADMINISTRATIVE ET COMMERCIALE

A. LESGUILLON

17-19, RUE DU VIEIL-ABREUVOIR. 17-19

1873

L'AVENIR DES FEMMES

PAR

UN RÊVEUR

———

Le propre de l'humanité c'est la tendance vers le progrès. Tandis que les lions, les ours, les tigres, les éléphants et toutes les bêtes à deux ou quatre pieds, sont encore aujourd'hui tels qu'ils étaient en sortant des mains du Créateur, l'homme seul, toujours mécontent de lui-même et des autres, aspire sans cesse à changer de condition pour en trouver une meilleure; mais si, parfois, il réussit, bien plus souvent il ne fait que troquer son cheval borgne pour un aveugle. Combien on pourrait faire de gros livres sur les déceptions qu'il éprouve en poursuivant des chimères qu'il prend pour le progrès ! mais je n'ai ni le temps ni la patience de faire de gros livres, avec cela surtout qu'on ne les lit plus. Je trouve beaucoup plus amusant d'examiner si le genre féminin est atteint comme le masculin de cette maladie qu'on décore du nom d'amour du progrès.

La femme a des organes plus délicats, une imagination plus vive, une intelligence plus facile à développer que son compagnon dans la traversée de la vie ; elle devrait donc marcher d'un pas plus rapide vers ce but idéal dont l'homme semble s'être arrogé le monopole ; et pourtant c'est le contraire qui arrive. Qui se montre le plus attaché aux anciens usages, aux vieilles habitudes, aux souvenirs de famille ? C'est la femme. Qui se défie le plus de la nouveauté ? (excepté

toutefois en fait d'amours et de modes).
C'est la femme. Qui se résigne le plus
souvent à plier, quand il le faut, devant
une volonté qui n'est pas la sienne ?
C'est encore la femme. D'où cela vient-il ?
Cette abnégation n'est pas une vertu
inhérente à sa nature, car si l'on consulte
l'histoire de tous les peuples, on verra
qu'ils ont eu, au moins, autant de grandes
reines que de grands rois. Si la France
fait seule exception, la faute en est à la
loi salique.

Il ne faut donc pas chercher ailleurs
que dans la législation la cause de l'infériorité relative de la femme dans nos
institutions politiques et dans la répar-
tition inégale des droits et des devoirs
des deux sexes.

L'homme et la femme sont mineurs,
l'un comme l'autre, jusqu'à vingt-un ans,
mais cette égalité n'est qu'apparente.
Pendant la période consacrée à l'éducation, le premier consulte ses goûts et ses

aptitudes , et peut se préparer avec fruit à l'exercice de la profession qu'il embrassera plus tard. La jeune fille, au contraire, ne sait pas ce qu'elle fera de la liberté que l'âge lui aura donnée, à moins qu'elle ne renonce de bonne heure au mariage, ce qui est une vocation excessivement rare. A quoi peut-elle se préparer ? Un voile épais lui cache l'avenir. Elle se voit donc réduite à étudier les arts d'agrément et pour varier ses plaisirs à broder des tabourets ou à faire de la potichomanie. Rien de sérieux ne lui entre dans l'esprit; trop heureuse encore quand elle prend goût aux occupations du ménage.

Un beau jour, enfin, il se présente *un parti sortable.* Les deux familles sont d'accord. On a calculé de part et d'autre les avantages pécuniaires, sans oublier *les espérances !* Alors on permet aux deux jeunes gens de se voir devant témoins pour s'étudier, s'apprécier et juger s'ils se conviennent réciproquement

Le futur fait tout son possible pour paraître plus aimable qu'il ne l'est réellement; il dissimule avec soin ses petits défauts et ses mauvaises habitudes ; tout en lui promet le modèle des maris. La future, de son côté, quoique naturellement timide, s'ingénie à trouver des moyens de plaire. Si elle est vive, enjouée, folâtre, elle compose son maintien, prend des airs sérieux qu'elle entremêle agréablement de gracieux sourires, parcequ'elle sait que le sourire va bien à sa physionomie. Elle parle peu et avec beaucoup de circonspection, afin de ne pas s'aventurer à discourir sur des sujets qu'elle ne connaîtrait pas à fond ; mais l'objet principal de ses préoccupations c'est sa toilette ; non pas tant le costume de mariée qui est d'avance indiqué par l'usage ; mais les robes de tous les jours, du matin, de la journée et du soir. Les conseils d'une mère peuvent être très utiles dans ces moments là ; car elle sait par expérience qu'il y a des prétendants assez indiscrets pour venir faire leur cour à l'heure où on ne les attend pas ; aussi, combien cette mère prudente ne fait elle pas de recommandations à sa fille chérie afin que, depuis son lever jusqu'à son coucher, elle se tienne constamment sous les armes pour recevoir le cher ennemi par qui l'on ne doit pas se laisser surprendre si l'on veut ne pas laisser échapper la victoire.

Enfin, le grand jour est arrivé ! Le temps des dissimulations est près d'expirer. Quelques jours encore et les deux moitiés du tout conjugal vont commencer à se connaitre.

Le premier acte du drame se passe dans l'hôtel de ville. Les futurs, leurs parents, les témoins, les invités arrivent successivement et quand ils sont tous en place dans le salon municipal, Monsieur le Maire ou l'un de ses adjoints, suivant la qualité des personnages, fait son entrée avec toute la majesté dont il est susceptible. L'employé de l'état-civil lui glisse dans les mains un papier où sont écrits les noms et prénoms des futurs conjoints ; puis l'honorable magistrat ouvre son code civil, dont les pages frippées attestent les longs services, et prononce avec un accent convaincu ce brutal avertissement : *La femme doit obéissance à son mari ; le mari doit protection à sa femme.* Voilà, j'espère, des positions bien tranchées et une sujétion fiérement établie. Il n'y a pas de fausse interprétation possible.

Il ne faut pas oublier, cependant, une autre condition *sine qua non* du mariage, et celle-ci, du moins, est réciproque : «Les « époux se doivent mutuellement fidélité, « secours et assistance». Rien n'est plus équitable en théorie ; mais dans la pratique, y a-t-il égalité pour la répression du manque de foi ? La faute de la femme est sévèrement punie, en quelque lieu

qu'elle soit commise ; la faute du mari
est à peine blâmée, si la faute s'est passée
dans le domicile conjugal.

M. Alexandre Dumas fils, à l'occasion
d'un de ses derniers ouvrages, a prononcé
cette parole ébouriffante : « Si la femme
« de mon fils lui était infidèle, je dirais
« à mon fils : *tue-la !* »

Pour être conséquent avec lui-même,
l'auteur de la *Femme de Claude* aurait
« dû ajouter : « Si mon fils était infidèle
« à sa femme, je dirais à celle-ci : *tue-le!*»

Peut-on se figurer quels massacres,
quelles boucheries on verrait en France
et ailleurs si de pareils conseils étaient
suivis ! — mais, grâce à la facilité de nos
mœurs, il est rare qu'on en vienne à des
extrémités si tragiques. Les hommes ont
différentes manières de prendre la chose;
les femmes se contentent de pleurer ou
de bouder, selon leur caractère, ce qui
est déjà un acheminement vers le Progrès,

mais la distance est encore longue pour y arriver .

Expliquons nous bien avant d'aller plus loin, afin de ne pas donner lieu à l'équivoque. Le progrès, comme je l'entends, n'est pas la liberté de tout dire et de tout faire ; mais c'est une égale soumission aux lois constitutives de la famille et de la société, une égale exactitude à remplir la promesse qu'on a faite au pied de l'autel. Le premier des deux époux qui y manque est certainement le plus coupable; mais ce n'est pas une excuse pour l'autre s'il imite le mauvais exemple.

L'homme devrait n'en donner que de bons puisqu'il est physiquement le plus fort et qu'il doit à sa femme aide et protection ; et pourtant, c'est lui. presque toujours, qui le premier donne des coups de canif dans le contrat.

La femme qui succombe doit ordinairement sa chute à l'oisiveté et à la curiosité.

Ève, la mère du genre humain, était

oisive et curieuse. Elle n'avait rien à faire dans le paradis terrestre et elle ne connaissait pas le goût des pommes.

Il est bien rare qu'une femme qui s'occupe àla fois de la conduite de son ménage, de l'éducation de ses enfants et du soin de son commerce, s'amuse à écouter les paroles du serpent. Ah ! bien, oui ! elle n'a pas de temps à perdre.

Mais celle qui n'a besoin de songer qu'à sa toilette, qui passe ses journées à recevoir ou à rendre des visites où l'on ne dit que des futilités, où l'on n'entend que des médisances, il faut qu'elle ait bien du bonheur pour ne pas devenir à son tour l'objet des méchants propos de ses chères amies, et surtout pour ne pas le mériter.

Le véritable progrès pour la femme est donc de travailler à devenir *quelqu'un* et à se rendre capable de faire *quelque chose*.

Avant d'atteindre ce but régénérateur,

que d'obstacles à surmonter ! que de lois à changer ! que d'usages à réformer! que de préventions à combattre ! que de préjugés à détruire !

Ce sera l'ouvrage du temps et de la raison. Quel espace de temps ? quelle dose de raison ? ma foi! je n'en sais rien ; mais en admettant que cette rénovation marche bien et vite, nous pouvons espérer, mes aimables lectrices, que, dans cent ans, de grandes améliorations auront pu être réalisées. Ni vous ni moi n'y serons pour en juger ; je puis donc lâcher la bride à mon imagination en vous présentant le tableau de ce que les femmes pourront être en 1973.

Le Printemps vient de déployer toutes ses grâces juvéniles, en attendant que l'Été arrive avec toutes ses richesses. Le sourire de la nature répand partout la gaieté. Les fleurs entr'ouvrent timidement leurs corolles qui vont bientôt se parer des plus brillantes couleurs. Les bosquets parfumés de lilas et de chèvrefeuille prêtent leur doux ombrage à des myriades de petits oiseaux qui préparent en chantant les nids de la prochaine couvée. Les premières fraises se dégagent des larges feuilles qui les protégeaient contre les derniers froids et rougissent de plaisir à l'aspect d'un beau soleil de mai.

Enfin tous les sens jouissent à-la-fois de cette renaissance annuelle dont le Créateur a généreusement gratifié les êtres animés et ceux même qui n'ont qu'une existence végétale.

A cet égard, le printemps de l'année 1973 ressemblera à tous les printemps passés, présents et futurs ; nous pouvons donc, sans témérité, nous transporter en idée à cette distance séculaire pour contempler les changements qui se seront opérés dans la condition des femmes si elles ont marché avec résolution et persévérance dans la voie du progrès.

Or, nous voici en plein mois de mai, époque où les grands de ce monde qui ont des châteaux font leurs paquets pour aller passer la saison des chaleurs à la campagne, où ceux qui n'ont pas de château, louent pour l'été une maisonnette avec jardin, dans la banlieue de Paris, où ceux qui n'ont ni château ni maisonnette, s'envolent par bandes, le dimanche matin, après avoir bien travaillé toute la semaine, pour aller batifoler à Asnières, à Saint-Cloud, à Bougival, à Vincennes ou aux buttes-Chaumont.

Tous ces endroits qui avaient été dévastés, il y a plus de cent ans, par une guerre effroyable, sont depuis longtemps restaurés, rebâtis, replantés et plus que jamais consacrés aux plaisirs champêtres.

Dans un élégant châlet d'où l'on a la vue sur les bords de la Seine, se trouve réunie, à l'heure du déjeuner, une honnête famille dont le chef, M. Desgranges, après avoir gagné dans le commerce des soieries une fortune suffisante pour vivre fort à son aise avec ses revenus, a laissé à son fils l'établissement en pleine prospérité.

Avec ce fils, M. Desgranges a trois filles. L'aînée, mariée depuis quelques mois, occupe un emploi au ministère des finances ; la seconde vient d'être admise comme avocat stagiaire au tribunal de première instance de la Seine et la cadette suit les cours de l'école de médecine.

Madame Desgranges, femme intelligente et judicieuse, bien que n'ayant reçu qu'une instruction très incomplète, comme la plupart des jeunes personnes de son temps, a néanmoins su prendre, dès les premières années de son mariage, un ascendant habilement dissimulé sur l'esprit de son mari entièrement absorbé par les soins et les préoccupations d'un commerce assez étendu. Elle a ainsi profité de la part d'autorité qu'elle s'était attribuée pour prendre la direction des affaires intérieures et surtout pour donner à l'éducation de ses enfants un but approprié aux idées nouvelles que nous allons développer tout à l'heure.

Le déjeuner patriarchal qui se prépare au chalet de la famille Desgranges emprunte un caractère presque solennel à une circonstance inattendue: le retour d'un frère de madame, absent depuis quarante ans et qui vient chercher le repos dans son pays, après avoir parcouru toute l'Europe, exploré l'intérieur de l'Afrique, résidé quelque temps dans l'Inde anglaise, traversé les steppes immenses de la grande Tartarie, visité la Chine et le Japon, étudié les ressources de l'Australie, arpenté les deux Amériques depuis les forêts du Canada jusqu'au détroit de Magellan.

Il s'est opéré tant de changements pendant cette longue absence que, pour un tel voyageur tout semble nouveau et cependant rien ne l'étonne. Il ne connaît pas son beau-frère qui est allé le prendre à l'hôtel où il est descendu pour l'amener au châlet ; mais celui-ci a une physionomie si avenante et un abord si cordial qu'il se dit tout aussitôt : voilà un homme qui me convient. Quand il a quitté sa sœur elle n'avait que dix ans ; elle en a maintenant cinquante. Il ne reconnaît en elle aucun trait d'autrefois ; c'est égal, il l'embrasse de confiance et se sent touché jusqu'au cœur par les témoignages d'amitié que lui prodigue cette sœur presque oubliée et par les larmes de joie qu'il voit perler dans ses yeux. Pour un rien, il la prendrait sur ses genoux pour la faire sauter comme autrefois ; mais son attention est attirée vers le groupe des jeunes et frais visages qui attendent le moment de pouvoir l'embrasser à leur tour.

— « Sacrebleu ! s'écrie-t-il, qu'est ce que tout ce petit monde là ? Le diable m'emporte si j'ai jamais rien vu d'aussi joli, même dans le pays des Géorgiennes et des Circassiennes qui, pourtant, se vendent si cher sur les marchés de la Turquie d'Asie,

Ce compliment à la marinière met aussitôt le feu aux poudres. Les trois nièces se jettent au cou d'un oncle si charmant et le neveu qui ne veut pas être en reste, réclame aussi une petite place, au risque de l'étouffer.

—Allons, mes enfants, dit le père Desgranges, laissez à votre oncle le temps de respirer et à moi celui de vous présenter à lui. Tiens, frère, regarde moi ce garçon-là. Il s'appelle Pierre Desgranges comme son père. Il a vingt-huit ans ; je lui ai cédé ma maison de commerce et il songe à se marier.

— Tu as présenté ton fils, interrompt madame Desgranges, c'est à mon tour de présenter mes filles. Voici d'abord Clémentine, la première en date, aujourd'hui madame Forestier dont le mari, peintre distingué, viendra ce soir dîner avec nous. Cette espiègle qui te regarde dans le blanc des yeux, comme si elle cherchait à y lire ce que tu penses d'elle, cher frère, c'est Honorine, le Démosthène de la famille. Elle peut parler trois heures sans se fatiguer. Quant à celle-ci, qui réfléchit longtemps avant de dire sa pensée, c'est la plus jeune et la plus raisonnable des trois. On l'appelle Prudence et ce nom lui convient à merveille.

Quand l'oncle Bénard — c'est ainsi que s'appelait le frère de madame Desgranges — eut fait connaissance avec tous ses nouveaux parents qui semblaient sortir de dessous terre pour fêter son retour, il jugea qu'il était temps de parler un peu de lui. Un voyageur a toujours grand plaisir à faire le récit de ses aventures en jetant force broderies sur le canevas qui plairait beaucoup moins s'il était trop véridique. M. Bénard eut le talent d'intéresser ses auditeurs sans outrager la vraisemblance et de varier ses tableaux pour ne pas fatiguer leur attention.

Personne ne songea à lui demander s'il avait fait fortune dans ses laborieuses pérégrinations. Riche ou pauvre, il était le bien venu parmi cette famille de bonnes gens. Une discrétion si peu ordinaire l'étonna. Il demanda à sa sœur quelle idée on s'était faite de sa personne, avant de la connaître et si l'on ne s'était pas attendu à trouver en lui un de ces oncles d'Amérique comme on en voit tant dans les comédies.

— Quand nous avons appris ta prochaine arrivée, répondit-elle, je n'ai songé qu'au plaisir de te revoir après une si longue absence. Mon mari et mes enfants, n'avaient d'autre curiosité que celle de savoir si tu ressemblais au portrait que je leur avais souvent fait de toi. A quoi bon t'interroger sur le reste ? Si tu reviens pauvre, notre maison est la tienne, tu vivras au milieu de nous, choyé, soigné et surtout aimé. Si tu as fait fortune, tu auras l'agrément d'arranger ton existence selon tes goûts ; mais tu trouveras toujours nos bras ouverts pour te recevoir quand tu auras le désir de te rapprocher de nous.

— Eh bien ! chère sœur, je ne veux

pas te faire un mystère de ma position, mes voyages n'avaient pas pour unique objet d'aller voir de nouveaux pays et d'en étudier les mœurs et les usages ; mais aussi de m'enquérir de leurs besoins et de leurs ressources afin de me créer des relations d'affaires. J'ai gagné beaucoup d'argent ; mais j'ai tout dépensé, hormis ce qui était nécessaire pour me rapatrier de sorte que je reviens aujourd'hui .....

— Pauvre comme Job, dit en riant madame Desgranges. Il n'y a pas de mal à cela, puisque nous sommes riches.

— Je te remercie, ma bonne sœur ; mais tu n'y es pas du tout. Je serais, sans doute, pauvre comme tu dis, si, avant de quitter mon pays, je n'avais eu l'heureuse inspiration de placer à la banque de France une somme de 50,000 francs qui, depuis quarante ans, a fait pas mal de petits. On va bientôt m'en remettre le compte et, en attendant, on a mis à ma disposition des fonds suffisants pour mes besoins ; mais si tes offres généreuses me sont absolument inutiles, je n'en suis pas moins touché de tes sentiments fraternels et j'ai grande envie de venir m'installer chez toi pour y jouir des douceurs de la vie de famille, après avoir vécu quarante ans parmi des étrangers qui, pour la plupart, ne comprenaient pas mon langage et qui, sans doute, n'ont gardé aucun souvenir de moi.

— Quelle bonne idée tu as là, cher frère, Pour moi j'en suis ravie ! et mon mari et mes enfants ! Tu verras la joie qu'ils vont éprouver en apprenant que tu consens à vivre au milieu de nous.

— Un moment, n'allons pas si vite. Je te fais part d'une envie qui m'est venue en voyant le bonheur qui parait régner dans ton ménage ; mais il n'y a rien de décidé. Il faut auparavant que nous prenions nos petits arrangements ....

— Ce sera bientôt fait : Nous ne te demanderons rien.

— Tu ne m'empêcheras pas, du moins de doter tes filles ?

— Doter mes filles ! ah ! ah ! ah ! ah ! —Voilà bien un propos de l'autre monde ! que les Iroquois, les Patagons et autres bêtes sauvages fassent encore des présents à ceux qui veulent bien les débarrasser de leurs filles, c'est possible ; mais en France et dans tous les pays civilisés cet insolent usage est aboli. On prend une femme pour ses qualités personnelles et non pour l'argent qu'elle doit apporter à son époux ; mais ces qualités, il faut leur laisser le temps de se développer. Aussi se garde-t-on bien de marier des enfants de moins de vingt ans ; c'est d'ailleurs défendu par la loi.

— Parbleu ! voilà une loi bien sage. Je me souviens qu'autrefois on mariait souvent des jeunes filles au sortir de pension, avant que leur caractère et leur constitution fussent formés, ce qui avait beaucoup d'inconvénients ; et c'était pourquoi l'on voyait tant de mauvais ménages.

— Ils sont bien rares aujourd'hui ; car l'intérêt n'entrant plus en considération dans le choix d'une compagne, on se marie pour être heureux et non pour être riche. Dès lors, il faut prendre le temps de s'étudier, de s'apprécier mutuellement, et l'on est bien moins exposé à éprouver des déceptions dans ses projets d'avenir.

—Fort bien; mais les jeunes personnes qui n'ont d'autre mérite que leur fortune sont donc exposées à rester filles.

—C'est le moins qui puisse leur arriver. Encore cela vaut-il mieux que de faire un mauvais mariage.

— Et celles qui n'ont pas de dot et qui n'attendent rien de la mort de leurs parents, comment peuvent-elles trouver à se marier ?

— On leur apprend de bonne heure que la fortune la plus solide, en apparence, n'est pas à l'abri de revers imprévus et que les vrais biens sont ceux que l'on acquiert par l'éducation et par le travail ; car ils nous suivent partout et nous ne craignons pas de les perdre. Le pire de tous les maux, c'est l'oisiveté. Il n'est pas de sort plus malheureux que celui de la femme qui n'est bonne à rien.

— Voyons, chère sœur, reprit l'oncle Bénard, expliquons-nous mieux ; car ce que tu dis ressemble si peu à ce que j'ai vu dans ma jeunesse que cela brouille toutes mes idées et que je ne sais plus, mille tonnerres ! dans quelle partie du monde je vis. Qu'entends-tu par *une femme qui n'est bonne à rien* ?

— J'entends, mon frère, que, dans la France nouvelle qui n'est plus celle que tu as connue, la femme est en tout point égale à l'homme, c'est-à-dire, qu'elle doit user de toutes les facultés que la nature lui a départies pour conquérir son indépendance et choisir librement la profession qui convient le mieux à ses aptitudes. Celle qui n'a de goût que pour les soins du ménage peut se borner à être laborieuse, économe et propre. Celle qui aspire à une position plus brillante voit toutes les carrières s'ouvrir devant-elle ; mais il faut qu'elle s'y prépare par des études appropriées à celle qu'elle veut choisir. Ma fille Clémentine avait une vocation prononcée pour l'administration publique ; à seize ans elle entra comme surnuméraire au ministère des finances ; elle est aujourd'hui chef de bureau. Sa sœur Honorine, aime à parler et parle bien. Elle a fait son droit et je suis certaine qu'elle deviendra un avocat distingué. Enfin Prudence, la plus jeune, n'a encore que des dispositions pour la profession de médecin; mais elle montre déjà une application si grande à reconnaître le vrai caractère d'une maladie et à dé-

couvrir le remède le plus prompt à la
guérir, que ses professeurs fondent sur
elle les plus grandes espérances. Tu vois
bien que des filles élevées de cette façon
n'ont pas besoin de dot pour se marier.

— Je crois rêver, ou le diable m'emporte ! mais les lois ?

— On les a changées.

— Les mœurs ?

— Elles se sont améliorées.

— Les convenances ?

— Les convenances ne doivent admettre
que ce qui est bon, Or, qu'y a-t-il de
meilleur que ce qui est juste.

— Tu as raison ; mais c'est tout de
même bien drôle !... Et les hommes se
sont accommodés d'un bouleversement
qui ressemble comme deux gouttes d'eau
à un tremblement de terre qui mettrait
la cave au grenier et le grenier à la
cave ?

— Ces messieurs ont résisté longtemps
mais ils ont fini par céder au bon droit

et à la raison. Tous les emplois, toutes les professions sont aujourd'hui accessibles aux deux sexes et je t'assure que les choses n'en vont que mieux.

— Il doit pourtant y avoir des exceptions: l'Etat militaire, par exemple ?

— Je t'accorde celle-là; les travaux de la guerre exigent une force physique que les femmes ne possèdent pas ordinairement.

— La politique.....

A ce mot, madame Desgranges partit d'un grand éclat de rire qui coupa la parole à son frère.

— Mais, mon pauvre ami, lui dit-elle, as-tu donc oublié toutes les belles choses que les hommes ont faites en politique tant qu'il s'en sont seuls mêlés? Des guerres injustes, des entreprises mal conçues et encore plus mal exécutées, des fourberies ou des maladresses, des constitutions qui tombent en poussière au premier choc, des gouvernements qui ne songent qu'à augmenter leur pouvoir et des partis turbulents ou ambitieux qui ne travaillent qu'à l'ébranler ; voilà ce qu'on a vu pendant plusieurs siècles et je n'en finirais pas si je voulais tout dire.

— Et les femmes auraient eu le talent de mettre fin à un tel gachis ?.. ma foi ! je serais curieux de savoir comment elles ont pu s'y prendre.

— Cette grande réforme a été préparée de longue main et, ce qui est à remarquer, ce sont des hommes de lettres, des savants, des philosophes qui ont les premiers tenté de relever la femme de l'abaissement où des lois absurdes l'avaient fait tomber ; mais on ne les écoutait pas parce qu'ils s'y prenaient mal. A la fin, les femmes ont dit : faisons nos affaires nous-mêmes ; et puisque les plus beaux raisonnements n'aboutissent à rien, agissons !

— Tiens, tiens, tiens ! ça n'est pas si bête.

— Et elles se sont mises résolument à l'œuvre. C'était vers 1930, trois ans avant ton départ ; un groupe de femmes distinguées par leur esprit, leurs talents, leur rang dans le monde, forma le noyau d'une vaste association dont le but, connu seulement d'un conseil supérieur, était habillement dissimulé sous ce titre assez vague : *Egalité devant la loi.* L'organisation de cette société, bien que calquée sur celle de la plupart des sociétés secrètes, n'avait rien d'inquiétant pour l'autorité. Les dames qui la dirigeaient jouissaient à juste titre de la considération publique. On ne pouvait les soupçonner de propager des doctrines subversives, de tramer des complots ténébreux. La police, qui est toujours défiante et quelque fois maligne, riait sous cape de cette croisade vers un avenir inconnu et la considérait comme une espèce de franche-maçonnerie féminine, visant innocemment à *l'Emancipation de la femme.* Or, contre une telle insurrection, le ridicule était la seule arme qu'on dût employer.

— Mais il me semble que la police raisonnait assez bien.

— Ah ! tu crois cela, frère ? Eh bien ! tu vas voir.

— J'etais trop jeune, continua madame Desgranges, pour être initiée aux secrets de cette association mystérieuse qui s'étendait rapidement de proche en proche et gagna des adhérentes jusque dans les départements les plus éloignés; mais quand je fus en âge de m'y affilier, une de mes amies, qui était animée d'un grand zèle pour l'œuvre de l'*Égalité devant la Loi,* me proposa d'en faire partie et s'offrit pour me servir de marraine. Ne connaissant que le nom de cette société, il me semblait qu'elle devait avoir un but exclusivement politique et je n'avais nullement l'envie de prendre part à des intrigues contre l'ordre de choses existant : cependant sur les instances réitérées de

3

mon amie, qui éveilla ma curiosité en soulevant un tout petit coin du voile, je consentis à me faire présenter comme aspirante et l'on mit dans mes mains la première partie d'une sorte de catéchisme qu'il fallait apprendre et pratiquer avant de pouvoir franchir le premier degré du noviciat. Voici en abrégé ce que contenait cet opuscule de quelques pages :

« La FEMME est formée de la même substance que l'HOMME. Ils sont donc égaux devant Dieu.

» Les lois humaines reconnaissent-elles cette égalité ?

» Non.

» Pourquoi ?

» Parce que ces lois ont été faites par les hommes à qui l'on inculque dès leur naissance l'amour de la domination.

» Et parce que, dès leur naissance aussi, on accoutume les femmes à plier

» sous le joug qu'elles devront supporter
» toute leur vie. »

— C'est, ma foi, vrai ! interrompit
l'oncle Bénard. Les gamins n'ont que du
mépris pour les petites filles.

— Si tu m'interromps, mon frère, j'ou-
blierai ce que j'ai encore à te dire.

— C'est juste, ma sœur, continue, je
me tais.

— « Tout est donc à changer dans l'é-
» ducation des personnes des deux sexes.
» C'est une tâche bien difficile ; mais rien
» ne doit être impossible à une mère
» quand il s'agit du bonheur de ses en-
» fants.

» La mère commencera donc par faire
» comprendre a sa fille que, si les insti-
» tutions actuelles ont faussé la loi divine
» en plaçant, dans presque toutes les cir-
» constances de la vie, la femme sous la
» sujétion absolue de l'homme à qui son
» sort est lié par le mariage, ce n'est pas
» en arborant l'étendart de la révolte

» qu'elle parviendra à s'affranchir d'une
» dépendance qui l'humilie.

» Que faut-il donc quelle fasse pour
» reconquérir ses droits à l'ÉGALITÉ ?

» Il faut qu'elle fasse tout le contraire
» de ce qu'elle fait ordinairement.

» Ordinairement, si elle est belle, elle
» compte trop sur sa beauté pour cons-
» truire dans le cœur de son mari un de
» ces amours qui sont à l'épreuve de la
» bombe. Elle oublie, hélas ! que la beau-
» té est la plus fragile de toutes les fleurs.

» Si elle est simplement jolie, si elle
» joint à ce don de la nature *d'adorables*
» *caprices*, (style consacré par les roman-
» ciers en renom) elle peut prolonger de
» quelques semaines la lune de miel ; mais
» tout finit par s'user et les attraits qu'on
» voit tous les jours perdent bientôt de
» leur merite.

» Si elle n'est ni belle, ni jolie, elle
» cherche dans les arts d'agréments des
» moyens de plaire plus durables ; mais

» bien souvent, elle ne fait qu'effleurer les
» talents qu'elle veut acquérir et c'est
» trop peu pour fixer près d'elle un ma-
» ri dont l'esprit est occupé de choses
» plus importantes que d'entendre chan-
» ter une romance, jouer une sonate ou
» de voir dessiner une tête de Bélisaire et
» broder un écran de cheminée.

   » Est-ce à dire que le rôle de la femme
» se borne à faire sa cuisine, à nettoyer
» sa maison et à débarbouiller ses enfants?

   » Dans un ménage d'ouvriers c'est assu-
» rément la première besogne de la femme;
» mais les conseils qui vont suivre s'adres-
» sent aux classes moyennes et supérieu-
» res de la société dont toutes les pensées
» ne sont pas absorbées par la nécessité
» de pourvoir aux besoins matériels de
» la vie.

   » La femme qui prétend à l'égalité doit
» commencer par acquérir tout ce qui lui
» manque pour arriver à son but.

   » Ce qui lui manque le plus souvent

» c'est l'application aux choses sérieuses.

» Celle qui ne travaille qu'à plaire » n'obtient que des succès trompeurs. On » s'en amuse un moment, et puis on la » rejette comme un bouquet fané.

—Diable ! ma sœur, murmura Bénard, il n'est pas galant du tout ton catéchisme.

— Voici un autre passage dont je me souviens et qui te raccommodera peut-être avec lui, reprit madame Desgranges:

» L'esprit de la femme est généralement » fin et délicat ; il saisit facilement les » nuances et s'arrête au point juste qu'il » convient de ne pas dépasser. Quand » elle sera parvenue à obtenir l'égalité, » elle se gardera de s'en prévaloir com- » me d'un triomphe et d'en user pour » s'élever à une position supérieure. De- » venue la véritable compagne de l'hom- » me au lieu d'être sa très humble servante » le partage de l'autorité ne fera que la » rendre plus aimante et plus douce ; » elle aidera son mari par ses conseils

» sans trop le contrarier dans ses idées ;
» elle prendra part à ses inquiétudes et à
» ses peines et s'associera à ses plaisirs
» tant qu'il ne recherchera que des
» plaisirs honnêtes ; elle fera enfin tout
» ce qui dépendra d'elle pour l'attacher
» à l'intérieur de sa maison en le lui
» rendant agréable.

— C'est ce que je fais tous les jours, ma mère, dit Clémentine qui venait d'entrer et qui avait entendu cette dernière phrase, je vous assure que je me trouve très bien d'avoir écouté vos leçons.

L'arrivée de la jeune femme, au lieu de déranger l'entretien ne fit que lui donner plus d'animation et de variété. La mère racontait le passé, la fille peignait le présent, et l'oncle Bénard les écoutait avec le plus vif intérêt. Il put suivre ainsi graduellement la marche et le progrès de la grande association féminine.

—Notre comité directeur avait conçu un plan très vaste, reprit Mme Desgranges :

mais pour en assurer la réussite, il
fallait procéder lentement et partiellement.
Vouloir trop entreprendre à la fois c'était
risquer de ne rien obtenir. Pour l'entrée
en campagne, tous les moyens de persuasion, toutes les ressources de l'influence furent dirigés vers les artistes,
(on sait que les arts n'ont pas de sexe). La
peinture et la musique comptent un bon
nombre de célébrités en jupon ; pourquoi
leur ferme-t-on les portes de l'Institut ?
Il n'y a aucune bonne raison à donner
pour légitimer cette injuste exclusion. Le
comité décida que l'on commencerait par
le siége de l'Institut. Les vrais artistes
ont ordinairement le cœur tendre et l'esprit droit. Les femmes qui n'avaient aucune prétention pour elles-mêmes furent
chargées de commencer l'attaque ; elles y
déployèrent une stratégie toute nouvelle ;
leurs lignes de circonvallation étaient si
bien tracées, leurs approches si savamment disposées ; leurs approvisionne-

ments de ruse et de malice si abondants que, dans un temps donné, la garnison devait infailliblement se rendre. Pour avancer l'heure de ce premier triomphe, elles se créérent des intelligences dans la forteresse, et un beau jour, tout Paris fut surpris d'apprendre que, sur quatre places vacantes à l'Institut, trois venaient d'être données à des femmes. Il y eut bien quelques sottes plaisanteries, quelques quolibets de mauvais goût ; mais toute la partie saine du public applaudit à cette innovation depuis trop longtemps attendue pour qu'elle ne fût pas accueillie avec faveur. Les effets ne tardèrent pas à s'en faire sentir. Les dames nouvellement admises, entrant dans les vues de l'association, prirent à tâche de relever le niveau de l'art qui s'était considérablement abaissé, et d'épurer le goût dont les notions essentielles semblaient perdues pour toujours.

Ici, l'oncle Bénard, qui aimait à placer

son mot dans l'occasion, profita d'un temps d'arrêt que prenait sa sœur pour rappeler que, dans sa jeunesse, on se plaignait déjà que la plupart des peintres, même parmi ceux qui possédaient un talent réel, n'avaient que de petites idées et ne faisaient que de petites choses qu'ils vendaient à des prix fous.

—Est-ce donc vrai aussi, mon oncle, demanda Clémentine, que, bien avant le temps dont vous parlez, la littérature et le théâtre étaient tombés dans un état de dégradation tel qu'à aucune époque on n'avait rien vu de si platement bête, de si indécent et de si dépourvu d'intérêt que les pièces qui attiraient la foule et les romans que des journaux donnaient en pâture aux appétits les plus grossiers ?

— Que veux-tu, mon enfant ? pour faire fortune il fallait bien servir la foule payante selon la bassesse de ses goûts ! Faire fortune, n'importe comment, c'était là le point de mire universel. On avait vu jadis de pauvres diables, à bout de ressources, s'en aller le soir sur les grandes routes, un pistolet à la main, demander aux passants : la bourse ou la vie ! C'était un métier d'imbéciles qui ne pouvait conduire qu'à la potence ou aux galères ; mais depuis, grâce aux progrès de la civilisation, on avait trouvé plus lucratif et moins dangereux de prendre des airs d'honnête homme, d'éblouir le public par un luxe insolent et de gagner ainsi la confiance des gens crédules pour les dépouiller plus sûrement. Falsifier la marchandise, tromper sur le poids, c'était l'A. B. C. de la science ; mais simuler des ressources qu'on n'a pas pour former de grandes entreprises, et commencer par empocher les bénéfices présumés en laissant les pertes réelles à la charge des gobe-mouches qui vous ont confié leur argent, cela était considéré comme de l'habileté Voler un million, a dit un ancien auteur, cela ne s'appelle plus voler.

De cette facilité à s'approprier le bien d'autrui était née une licence de mœurs qui surpassait tout ce que l'imagination la plus déréglée aurait pu inventer. *Les filles de joie*, comme on les appelait anciennement, tenaient le haut du pavé ; des fous se ruinaient pour leur donner de somptueuses demeures, des ameublements princiers, d'elégants équipages et des toilettes éblouissantes.. C'était chez elles que des hommes usés par la débauche, que l'on désignait sous le titre beaucoup trop doux de *petits crevés*, allaient puiser le mauvais ton et les goûts dépravés qu'ils propageaient ensuite autour d'eux et qui menaçaient de s'introduire dans la bonne société elle-même. Déjà le langage se corrompait de jour en jour et dans les familles honnêtes on s'accoutumait, par manière d'amusement et de drôlerie, à employer des termes *d'Argot*, empruntés au dictionnaire des prisons et du bagne. Enfin, ces filles,

objets du mépris universel, étaient pourtant les reines de la mode. Les costumes
les plus extravagants exhibés par elles au
bois, aux courses et dans les réunions
publiques, étaient aussitôt reproduits par
les journaux à images et adoptés par la
société tout entière. Des mères impru-
dentes ou aveuglées ne rougissaient pas
d'habiller leurs filles comme ces créatures
dont elles ne parlaient qu'avec dégout.

— Nous comprenons ton indignation,
cher frère, et nous l'eussions certainement
partagée si nous avions eu sous les yeux
un tableau semblable à celui que tu viens
de nous présenter. Je vais maintenant te
faire voir comment l'association de l'*Égalité devant la loi* est parvenue à mettre
fin à toutes ces turpitudes.

L'admission dans le sein de l'Institut
de quelques femmes d'un talent incon-
testé n'était qu'un premier pas ; mais avec
l'esprit de suite et l'inébranlable persévérance dont le comité directeur était animé,

cette première victoire devait être suivie
de beaucoup d'autres. On avait déjà vu,
dans le siècle précédent, des femmes
figurer parmi les membres du Congrès
scientifique de France, créé par l'initiative
intelligente de M. de Caumont et qui,
pendant longtemps, siégea annuellement
tantôt dans une ville, tantôt dans une
autre ; mais ces exemples étaient extrê-
mement rares, et la crainte de s'attirer la
stupide épithète de *Bas-Bleu* retenait les
femmes les plus dignes de participer aux
travaux littéraires de ces intéressantes
assemblées. L'association de l'*Egalité devant la loi*, ne pouvait méconnaître la
puissance d'un tel moyen de propagation.
Elle se fit l'héritière de l'idée de M. de
Caumont et réorganisa l'ancien congrès,
en changeant son nom qui semblait choisi
tout exprès pour effaroucher les esprits
modestes et les caractères timides. On
l'appela tout simplement : *Union du Travail et de la Pensée.*

Dans ces assises du savoir, du talent et du goût, les femmes s'habituèrent à parler en public après s'y être préparées par des études sérieuses, dirigées dans le sens de leur aptitude personnelle. On fut d'abord étonné de les entendre disserter sur des points d'histoire demeurés obscurs, traiter des questions de morale ou de philosophie et les résoudre selon les règles de la logique ; mais on fut bientôt forcé de reconnaitre que le cerveau de la femme n'est pas moins bien organisé que celui de l'homme et que, si, parfois, on remarque des différences entre l'un et l'autre cela tient uniquement au genre d'éducation que l'on donne communément à chaque sexe et qui fait entrer les jeunes filles dans une impasse dont il semblait qu'elles ne dussent jamais sortir.

Il ne faudrait pas croire, cependant, que l'association dont je raconte ici l'histoire future eût la folle prétention de faire de toutes les femmes des savantes dignes d'entrer dans les académies, ou des praticiennes aptes à remplir les fonctions les plus élevées de l'administration et de la magistrature. Non, il s'agissait tout simplement de faire un triage des capacités et de favoriser leur développement, afin qu'elles pussent atteindre plus tard la situation à laquelle elle étaient propres.

Que fait-on dans nos écoles de garçons? On tâche de donner à tous les élèves l'instruction du premier degré. Ceux qui savent en profiter et montrent les dispositions à s'élever plus haut sont aidés, encouragés et parviennent avec de la persévérance à arriver aux classes supérieures; mais combien en voit-on sur cent? un ou deux peut-être. Les autres, quand il savent un peu lire, écrire et calculer, bornent leur ambition à obtenir une place de commis, de garçon de magasin ou d'agent de police. Ceux qui ne savent rien du tout apprennent un métier, ce qui est encore un bonheur relatif tant que l'ouvrage ne manque pas ou que les forces répondent à l'ouvrage. Et il en sera toujours ainsi, en dépit du mot *Egalité* inscrit sur les monuments publics, quand même on pourrait réaliser cette grosse chimère de l'instruction obligatoire.

Certes, l'instruction est un bien précieux pour ceux qui savent en faire un bon usage ; mais il y a des esprits tellement obtus, des intelligences tellement bouchées, des tempéraments tellement paresseux que toute la bonne volonté, toute la patience des maîtres les plus dévoués n'en sauraient jamais rien faire.

Et puis, un petit calcul en passant :

On compte en France trente huit millions d'habitants, soit dix-neuf millions environ pour le sexe masculin. Admettons qu'un cinquième de ces dix-neuf millions soit en âge d'aller à l'école ; cela fait 3,800,000 écoliers. Un seul maître ne peut en moyenne enseigner avec fruit plus de cinquante élèves à-la-fois. Il faudrait donc 76,000 instituteurs pour apprendre la grammaire à toute cette marmaille! Où irait on les chercher? Cette profession n'est ni agréable, ni lucrative. Pour réunir une pareille armée de pédagogues, il faudrait une nouvelle loi de recrutement qui obligerait tout citoyen sachant lire et écrire à passer cinq années de sa vie dans la carrière de l'enseignement public, sans compter le service militaire que tout Français doit à sa patrie.

Esssayez-en un peu et vous verrez !

Si l'instruction obligatoire est une absurdité il y aura donc toujours des gens illettrés pour exercer les professions manuelles qui n'exigent ni le diplôme de bachelier, ni même le simple brevet de capacité. Rassurons-nous donc, *nous autres gens comme il faut*, nous ne serons pas forcés de faire nos commissions nous-mêmes, de tailler nos habits, de raccommoder nos bottes, de brouetter nos marchandises, de construire et de réparer nos maisons, de conduire nos voitures, de panser nos chevaux, de nettoyer nos écuries, etc. etc. etc., ce qu'il faudrait évidemment que nous fissions, si tout le monde était assez savant pour aspirer à faire autre chose.

Tout ce que que je viens de dire du sexe masculin s'applique également au féminin. Même inégalité dans les facultés intellectuelles, même diversité dans les goûts et les penchants, même impossibilité de donner à toutes les jeunes filles une égale instruction.

Plusieurs de mes amis, après avoir lu les premières pages de cette histoire fantaisiste, m'ont fait des observations sérieuses, dans le genre de Molière, sur les inconvénients qu'il y aurait à ce que les femmes, en général, se livrassent exclusivement à des occupations littéraires.

Parbleu ! je les connais bien aussi ces inconvénients ; mais ce n'est pas celà que je demande :

Faisons encore un petit calcul.

S'il y a 19 millions d'hommes, il y a un pareil nombre de femmes. La Société des *Gens de Lettres* compte environ cinq cents membres ; quelques-uns d'entr'eux ne méritent pas d'y figurer ; mais en revanche, on en connait qui le méritent et qui n'en sont pas; celà fait compensation.

Hé bien ! quand nous aurions pour toute la France cinq cents femmes susceptibles de se distinguer dans la littérature, quel mal y aurait-il ? — Il en resterait encore 18,999,500, pour s'occuper d'un commerce quelconque, soigner les enfants, faire la cuisine, entretenir et blanchir le linge, et même pour ne rien faire du tout. Il me semble que c'est bien suffisant comme celà.

Le moment approchait enfin où *l'association de l'égalité devant la loi* devait déployer franchement son drapeau et découvrir à tous les yeux le but qu'elle voulait atteindre. Comme on ne pouvait y arriver de vive force, il avait fallu louvoyer longtemps pour préparer les esprits à nn changement si radical, afin de l'obtenir par la persuasion. Jamais les femmes n'avaient été plus complaisantes pour leurs maris, plus attentives à leur plaire, plus rebelles aux tentations extra-conjugales. Il n'y avait plus de mauvais ménages que dans le souvenir des octogénaires. Quand ceux-ci parlaient du demi-monde, du quart de monde, du monde camelotte, la jeunesse ouvrait de grands yeux et ne savait pas ce que celà voulait dire. Les beautés les plus courues autrefois, étant devenues vieilles, avaient mangé leurs diamants, leurs parures, leurs meubles et jusqu'à leurs chevaux! et comme elles avaient encore faim, les unes s'étaient faites ouvreuses de loges, les autres loueuses de chaises. **Chose** remarquable , elles n'avaient pas fait d'élèves ; la race était perdue.

Un jour de fête, l'association convoqua un grand meeting dans une salle immense construite expressément pour cela. Les membres du comité composaient le bureau. Les deux sexes se trouvaient en nombre à peu près égal dans l'assemblée. Les femmes y étaient venues par devoir, les hommes par curiosité. La question à l'ordre du jour était celle-ci :

Les droits politiques et particulièrement le droit de voter dans les élections, appartiennent-ils exclusivement à l'homme?

Madame la Grande-maitresse de l'œuvre, voulant dès le début faire preuve d'impartialité, invita l'un de Messieurs les assistants à prendre le premier la parole. C'était un Procureur-Général de cour d'appel, imbu des vieux principes et entiché des idées auxquelles il devait sa haute position. Il commença par déclarer que la question qu'il s'agissait de discuter n'était pas une question mais bien un fait acquis depuis l'origine du monde, que la prépondérance de l'homme sur la femme ne pouvait être mise en doute, que cette prépondérance était basée sur l'ordre de primogéniture, sur les lois de la physique, sur les usages de tous les peuples et enfin, sur le consentement mutuel. L'orateur parla longtemps, avec conviction et habileté. Il invoqua les saintes écritures et le droit romain; il cita les théologiens et les moralistes; mais toute son argumentation se résumait en définitif dans cet axiome : Ce qui a existé de tout temps est nécessairement bien.

La thèse contraire fut alternativement soutenue et combattue et cette lutte courtoise semblait devoir se prolonger indéfiniment sans amener un résultat, lorsqu'un jeune homme s'approcha de la tribune et, après un moment d'hésitation, en gravit lestement les marches. Il paraissait avoir

vingt-cinq ans au plus. Ses cheveux blonds
et soyeux, ses yeux bleus, son regard
limpide , sa physionomie douce , son
maintien modeste, tout prévenait en sa
faveur. Les femmes se disaient entre elles :
Celui-ci ne parlera pas contre nous. Ce
murmure approbateur qui arrivait jusqu'au jeune homme blond lui fut un en-
couragement et il commença en ces
termes :

« Mesdames et Messieurs,

» J'ai écouté avec la plus grande atten-
» tion tout ce que viennent de dire les
» orateurs qui m'ont précédé, à cette tri-
» bune ; mais je demande humblement la
» permission de leur faire observer
» qu'aucun d'eux n'a traité le point décisif
» de la question. De quoi s'agit-il, en
» effet ? de savoir si c'est à tort ou à raison
» que les lois qui nous régissent ont privé
» les femmes de tous les droits politiques
» qu'elles accordent aux hommes et no-
» tamment du droit d'élire les membres

» des assemblées délibérantes et d'être
» élues elles mêmes. N'est ce pas sur ce
» point que chacun de nous est appelé à
» émettre son opinion ?

— » Oui, oui ! répondent tous les assis-
» tants.

— » Eh bien ! reprend l'orateur, j'en
» demande pardon à cette honorable
» assemblée ; mais tous les préopinants se
» sont bornés, les uns à vanter l'intelli-
» gence de la femme, sa raison, son apti-
» tude aux professions que des usages
» absurdes lui interdisent, les autres à
» invoquer contre elle la légèreté de son
» humeur, l'importance qu'elle attache
» aux choses les plus frivoles, son igno-
» rance de tout ce qui présente un
» caractère sérieux. Il y a des siècles que
» l'on sait tout cela. Je pourrais à mon
» tour citer une foule d'écrivains plus ou
» moins célébres qui ont rendu pleine
» justice aux femmes.

MONTESQUIEU n'a-t-il pas dit : « Pour-

» quoi aurions-nous un privilège ? Est-ce
» parce que nous sommes les plus forts ?
» Mais c'est une véritable injustice. Les
» forces seraient égales si l'éducation
» l'était aussi.

BALZAC : « L'éducation des filles com-
» porte des problèmes si graves — car
» l'avenir d'une nation est dans la mère —
» que depuis longtemps l'Université de
» France s'est donné la tâche de n'y point
» songer.

ED. LABOULAYE : « Quand nous nous
» étonnons que la civilisation ne marche
» pas plus vite, nous devrions nous en
» prendre à nous-mêmes. Ayez des fem-
» mes instruites ; le pays sera instruit ;
» ayez des femmes ignorantes, vous aurez
» un pays ignorant.

E. LEGOUVÉ : « Savez-vous pourquoi il
» faut bien élever les femmes ? Parce que
» c'est le meilleur moyen de bien élever
» les hommes.

MADAME DE STAEL : « Eclairer, instruire,

» perfectionner les femmes comme les
» hommes, les nations comme les indi-
» vidus, c'est encore le meilleur secret
» pour tous les buts raisonnables, pour
» toutes les relations sociales et politi-
» ques auxquelles on veut assurer un
» fondement durable.

FRÉDÉRIC PASSY : « Les femmes ne sa-
» vent pas, en général, combien elles
» perdent à n'être pas les égales des
» hommes , à se contenter d'être une
» parure dans un salon, un colifichet qui
» passe en faisant froufrou.

MADAME DE GENLIS : « Comme les fem-
» mes peuvent , par la mort de leurs
» maris, devenir tutrices de leurs enfants,
» il me semble qu'il est indispensable de
» leur donner une connaissance au moins
» élémentaire des lois et de la constitution
» de leur pays.

MICHELET : « Les femmes sont peut-être
» plus propres que l'homme à l'adminis-
» tration.

Platon : « Tu vois donc, mon cher
» ami, qu'il n'est pas, dans un état, de
» profession affectée à l'homme et à la
» femme à raison de leur sexe ; mais que
» la nature ayant partagé les mêmes facul-
» tés entre les deux sexes, tous les em-
» plois appartiennent en commun à tous
» les deux. »

» Je pourrais, mesdames, multiplier
» ces citations à l'infini et prouver que,
» dès la plus haute antiquité, les esprits
» d'élite se sont accordés à reconnaitre
» l'égalité des facultés entre l'homme et
» la femme et à déplorer que, par les dé-
» fectuosités de son éducation, celle-ci fut
» privée de l'exercice des droits que la
» nature lui a conférés. Et pourtant les
» choses sont restées dans le même état,
» jusqu'au moment où les femmes elles-
» mêmes ont osé entreprendre une ré-
» forme qui est, il faut l'avouer, en assez
» bon chemin. Vous avez conquis l'édu-
» cation, c'est déjà un grand point de

» gagné. Vous voulez maintenant être
» inscrites sur les listes électorales.....
» qui vous en empêche ? — la loi ?.....
» mais la loi est pour vous. Ce n'est plus
» qu'une question grammaticale.

« Le premier article du Code Napoléon,
» qui est encore en vigueur, sauf quel-
» ques modifications reconnues nécessai-
» res, dit expressément :

Tous les Français sont égaux devant
la loi.

« Or, le moindre écolier en grammaire
» sait parfaitement que lorsque les deux
» genres sont compris dans une même
» phrase, c'est le masculin qu'on doit
» employer. Donc, l'expression *tous les*
» *Français* s'applique aux femmes aussi
» bien qu'aux hommes. S'il en était au-
» trement, le législateur eût dit : Tous
» les Français MALES sont égaux devant
» la loi. — Or, les législateurs de tous
» les temps se sont bien gardés d'édicter
» une pareille monstruosité qui eût ou-

» tragé leurs mères, leurs épouses, leurs
» filles, leurs sœurs et la plus belle moitié
» du genre humain ; donc, en vertu de la
» grammaire, tous les droits de l'homme
» appartiennent également à la femme.

— (Applaudissements prolongés).

Tandis que l'orateur boit d'un air modeste quelques gorgées d'eau sucrée,
une voix masculine lui crie du fond de
l'auditoire : Et la *loi salique* ?

— « La loi salique ? répète sans s'é-
» mouvoir l'avocat des femmes, qui
» donc a lu la *loi salique* ? mesdames et
» messieurs, connaissez vous la *loi sali-
» que* ? — Non. — Eh bien, moi je vais
» vous dire ce que c'est : La loi salique
» était faite pour régler le partage des
» terres saliennes, au temps où les Francs
» saliens habitaient encore un pays situé
» de l'autre côté du Rhin et qui appar-
» tient aujourd'hui à la Prusse. La loi
» salique est donc une loi prussienne.

» Voudriez-vous vous soumettre aux lois
» prussiennes ?

— Non, non! s'écrie-t-on de toutes
parts.

— « J'aime cet élan généreux, reprend
» le jeune homme blond, il prouve que
» l'amour de la Patrie est vivace dans vos
» cœurs ; mais revenons à la principale
» affaire : Il y a longtemps, à la suite d'une
» révolution faite on ne sait trop pourquoi,
» sinon pour ôter les bonnes places à ceux
» qui les avaient et les donner aux gens
» qui n'en avaient pas, le peuple proclama
» le suffrage universel. « Ce mot *universel*
» ne souffre pas d'exception. Il s'applique
» à tout le monde sans distinction de
» sexe. Exemple : Cet homme est *uni-*
» *versellement* estimé, c'est-à-dire il est
» estimé des hommes et des femmes, des
» pauvres et des riches, des gens d'es-
» prit et des imbéciles. Deuxième exem-
» ple : Tel prince est adoré de ses
» *sujets*, on n'a pas besoin d'ajouter et

» de ses *sujettes* pour faire comprendre
» qu'il est chéri de tous. Troisième
» exemple : Les *habitants* de cette ville
» sont affables et hospitaliers. Personne
» s'est il jamais avisé de dire les *habi-*
» *tants* et les *habitantes* ?

« Nous voilà fixés sur ce point essen-
» tiel ; arrivons maintenant à l'examen
» des lois relatives aux élections. Depuis
» 1848, on en a édicté plus de cinquante.
» Eh bien, elles commencent toutes
» ainsi : Tout *français* âgé de vingt et
» un ans révolus, doit être inscrit sur la
» liste électorale de la commune où il a
» son domicile.

» — Sont *exceptés* ceux qu'une con-
» damnation infâmante ou afflictive a pri-
» vés de leurs droits civils et politiques.

» Et les femmes qu'en faites-vous ? sont-
» elles comprises dans la règle ? Si vous
» dites oui, ma cause est gagnée ; si vous
» dites non, la votre est perdue. Tirez-

» vous de là, Monsieur le Procureur
» général.

Le magistrat répondit à cette attaque
directe en hochant sa tête vénérable :
» Il a été admis de tous temps que l'article
» premier ne concernait que le genre
» masculin...

» — De sorte que vous confondez le
» genre féminin avec les repris de justice,
» les voleurs, les faussaires, les échappés
» du bagne... au temps où il y avait des
» bagnes. Y eût-il mille ans que cela se
» pratiquât ainsi, il eût fallu le dire;
» la chose en valait bien la peine, mais
» aucun gouvernement n'en a eu le
» courage. C'est à vous, mesdames,
» qu'il appartient de réparer cette inex-
» plicable injustice. Levez-vous donc avec
» le calme qu'inspire une cause juste et,
» la loi à la main, rendez-vous dans vos
» mairies respectives pour requérir votre
» inscription sur la liste électorale. On
» vous refusera certainement, tant la force

» de l'habitude a d'empire sur les lumières
» de la raison; alors adressez-vous à la
» justice de paix et si le jugement de
» celle-ci ne vous est pas favorable,
» présentez-vous sans crainte devant la
» cour de cassation. »

La péroraison du jeune orateur avait
électrisé tout l'auditoire. Chacun se disait:
c'est pourtant vrai ! — Comment se fait-il
que jamais personne n'ait songé à cela ?
— Séance tenante, les dames prirent
toutes la résolution de faire valoir leurs
droits politiques à la première élection
qui se présenterait, et une grande partie
des hommes s'engagèrent à soutenir leur
prétention, les uns par une conviction
sincère, les autres par goût pour la
nouveauté.

— Nous allons bien nous amuser, disaient ceux-ci; les femmes n'entendent
rien a la politique. Elles jugent par sentiment plutôt que par raison; leur choix
seront impossibles. C'est pour le coup

que le mot de Beaumarchais va se réaliser : « *Il fallait un calculateur ; ce fut* » *un danseur qui l'obtint.* »

Justement, on venait d'afficher la révision des listes électorales. On allait, pour la première fois mettre en pratique une loi déjà ancienne suivant laquelle, après un délai de dix ans, on n'inscrirait plus sur ces listes que les français sachant lire et écrire et remplissant d'ailleurs toutes les autres conditions exigées par la législation précédente. Quant à ceux qui n'auraient pas profité de ces dix années pour acquérir l'instruction nécessaire, ils seraient impitoyablement rayés, comme incapables de faire un choix raisonné parmi les divers candidats.

Ainsi qu'on pouvait s'y attendre, il n'y avait qu'un nombre assez restreint d'électeurs qui s'étaient mis en mesure de satisfaire à la loi ; c'était donc une notable diminution dans l'effectif du corps électoral. Les femmes arrivèrent à point nommé pour combler le vide. Leur Comité-Directeur avait fait de longue-main les plus grands efforts pour propager l'instruction parmi elles, afin de les rendre capables d'exercer les droits qu'elles réclamaient avec tant d'ardeur et tant de persévérance.

Cette innovation fit grand bruit et rencontra beaucoup d'opposition ; mais les lois étaient claires et précises ; aucune de leurs dispositions n'interdisait aux femmes le droit de voter. Or, ce qui n'est pas défendu est permis. Donc, on devait inscrire les femmes sur les listes électorales.

Le principe étant admis, on discuta encore sur les cas particuliers ; ainsi, une femme mariée pouvait-elle être *électeur* en même temps que son mari ? N'est-ce pas un double emploi ? L'homme marié, disposant de deux voix, n'allait-il pas avoir un avantage trop marqué sur le célibataire qui ne pouvait donner que la sienne ?

Toutes ces objections furent victorieusement combattues.

La femme et le mari étant deux personnes différentes, tous deux avaient le droit de voter sans qu'il y eût double emploi. Le père et le fils ou bien et les fils n'ont-ils pas toujours été appelés à voter ensemble ? L'influence du mari sur sa femme est-elle plus grande que celle du père sur ses enfants ? C'est bien souvent le contraire qui arrive. Mais quand cela serait ; quand l'esprit des femmes deviendrait tout-à-coup assez docile pour partager les opinions de leur mari, suivre ses inspirations, adopter ses préférences comme ses antipathies, quel mal y aurait-il ? Un chef d'atelier n'a-t-il pas le droit de recommander à ses ouvriers de voter pour tel personnage qu'il voudrait voir élire, sauf à eux à en choisir un autre qui leur convient mieux ?

Enfin, toutes les difficultés étant applanies, le grand jour de l'élection arriva. Une circulaire répandue à profusion avait conseillé aux femmes de ne pas abuser de leur victoire en présentant tout d'abord des candidatures de leur sexe. — « Il faut, leur disait-on, donner des » preuves de modération et de sagesse. » On n'arrive pas d'un bond au sommet » d'une échelle; mais on y parvient sûrement en ne montant qu'un dégré à » la fois. »

Elles suivirent cet avis à la lettre et comme les individus illétrés étaient privés par leur faute du droit de participer aux opérations électorales, elles eurent lieu dans le plus grand calme et les noms qui sortirent de l'urne avec une majorité imposante furent ceux des citoyens les plus dignes et les plus capables de remplir les fonctions qui leur étaient attribuées.

Quand le résultat des élections fut connu, des fêtes publiques s'organisè-

rent spontanément dans toute la France.
C'était un changement et les Français
aiment beaucoup les changements. Il y
eut bien quelques esprits chagrins qui
critiquèrent le nouveau droit accordé à
un sexe qui, jusqu'alors, n'en avait exercé
aucun. Ils prévoyaient ce qui, en effet,
ne pouvait manquer d'arriver ; c'est,
qu'étant élevées au rang d'*électeurs*, les
femmes ne tarderaient pas à devenir
éligibles. C'était, aux yeux des mécon-
tents, une monstruosité. Pourquoi ? Ils
étaient fort embarrassés pour le dire,
car ils n'avaient pas une seule bonne
raison à donner. Du reste, on ne s'in-
quiétait guère de leurs fâcheries. La joie
régnait dans les familles. La femme semblait avoir acquis plus de considération
près de son mari, plus de respect de la
part de ses enfants, plus d'autorité sur
ses domestiques, plus d'empire sur elle-
même. C'est tout simple, on ne pouvait
plus la regarder comme un personnage

secondaire dans la maison. Or, pour ne pas déchoir dans l'opinion de tout ce qui l'entourait, elle s'observait davantage, elle évitait avec soin de se livrer à ces vivacités trop fréquentes, hélas ! qui troublent la paix intérieure, et désunissent parfois les caractères les mieux faits pour s'entendre. On dit souvent d'une jeune femme : elle est un peu vive, mais elle a bon cœur ; et l'on ne réfléchit pas que ce sont presque toujours les vivacités de la femme qui provoquent les brutalités du mari. — C'est qu'ils ne sont pas toujours gentils, les maris. Prenez-y bien garde, mesdemoiselles.

Puisque nous parlons des demoiselles, disons aussi tout de suite qu'elles avaient eu leur part dans la grande transformation qui venait de s'opérer. A l'âge de vingt-un ans révolus, filles et garçons étaient inscrits de droit sur la liste électorale, à moins qu'ils ne fussent idiots, interdits ou illettrés. C'était une chose charmante à voir que ces jolis minois, ces physionomies pétillantes d'esprit et de jeunesse, faisant trève aux occupations frivoles qui leur étaient encore permises, pour examiner entre elles les qualités et la conduite d'un candidat. Oh! comme il était épluché le pauvre homme! Il s'agissait bien moins de ses opinions que de sa moralité.

— Monsieur A..., disait l'une, peut être bien sûr qu'il n'aura pas ma voix.

— Pourquoi cela?

— Parce qu'il rend sa femme malheureuse. Je ne parle pas de son caractère qui est contrariant, boudeur, dissimulé; chacun a ses petits défauts. On doit avoir de l'indulgence si l'on ne veut pas rester fille toute sa vie; mais ce qui est impardonnable, ce qui rend à tout jamais Monsieur A... indigne de nos suffrages, c'est qu'il entretient des relations clandestines avec une de ces femmes qui font la honte de notre sexe. J'ai pris des informations sûres ; on m'a appris le nom, la rue, le numéro...

— Ah! c'est une horreur !

— Madame A... connaît la conduite de son mari et elle se désole ; mais plus elle pleure et plus il s'éloigne d'elle.

— C'est toujours comme cela.

— Il faut un exemple : Déclarons-le inéligible !

Cette décision prise à l'unanimité est aussitôt transmise au Comité de la circonscription électorale et, après enquête, l'accusation étant reconnue fondée, le nom de Monsieur A... est rayé de la liste des candidats.

C'est ainsi que, grâce à la juste sévérité d'un groupe de jeunes filles, usant pour la première fois du droit de concourir à la nomination des mandataires du peuple, les bonnes mœurs, la fidélité aux engagements matrimoniaux commencèrent à être regardées comme faisant partie des qualités indispensables à l'exercice des fonctions de législateur. Cette règle ne fut pas écrite ; mais elle se grava d'elle-même dans les esprits et sa durée n'en fut que plus certaine.

Les lois ne font pas les mœurs a dit un auteur célèbre ; mais ce sont, au contraire, les mœurs qui font les lois.

L'appétit vient en mangeant, dit un vieux proverbe. La fable dit aussi :

Si vous lui laissez prendre un pied
Il en aura bientôt pris quatre.

Les femmes n'étaient pas si exigeantes; elles n'aspiraient qu'à être sur le même pied que les hommes. *Égalité devant la loi*. C'était leur mot de ralliement. On ne pouvait pas se montrer plus raisonnable; mais pour parvenir à ce but suprême, il fallait que la femme pût participer à la confection des lois, afin d'abolir les anciennes et de les remplacer par de nouvelles où les deux sexes fussent également partagés. Déjà l'on avait établi des lycées pour les demoiselles qui, avides de s'instruire, s'appliquaient avec une ardeur que n'ont pas toujours les jeunes gens les mieux disposés. D'habiles professeurs y enseignaient toutes les sciences sans exception, avec des succès qui surpassaient leur attente et formaient ainsi une génération propre à exercer bientôt les fonctions les plus importantes.

Quand tout fut bien préparé pour entreprendre une lutte décisive, plusieurs femmes d'un rang distingué et d'un mérite incontestable posèrent résolument leur candidature. Elles n'affichèrent pas leur profession de foi sur les murailles à côté des propriétés à vendre et des objets perdus ; on les connaissait ; on savait que si elles sollicitaient un siége dans l'assemblée législative ce n'était pas pour jouer un rôle dans les débats politiques, mais bien pour accomplir une œuvre de revendication et de justice.

Quelques vieux encroutés — (il y en a dans tous les temps et sous tous les régimes) — se récrièrent contre ce nouvel empiétement sur les *droits de l'homme*, et voulurent y mettre obstacle, mais leurs efforts furent impuissants ; un entraînement général fit réussir cette audacieuse tentative.

Il se passa plusieurs années pendant lesquelles les dames nouvellement élues manœuvrèrent avec ensemble et circonspection, n'abordant la tribune que quand elles étaient sûres d'y produire de l'effet ; laissant les orateurs passionnés s'épuiser dans des débats stériles ou compromettre leur cause par des exagérations ; intervenant à propos par des paroles de bon sens et de sagesse pour ramener les discussions sur leur véritable terrain, et les terminer par l'avis le plus propre à rapprocher les esprits divisés.

Dans les bureaux, dans les commissions, elles étonnaient leurs collègues par la promptitude de leur jugement et par la modération qu'elles mettaient à l'exprimer; aussi, étaient-elles l'objet de l'estime et de la sympathie générales, avec d'autant plus de raison qu'elles ne semblaient pas s'apercevoir de l'influence qu'elles exerçaient de plus en plus sur l'assemblée dont elles faisaient partie.

Cette conduite habilement calculée et soutenue avec persévérance avait pour conséquence, à chaque élection partielle, d'amener du renfort au petit groupe féminin et d'accroître ses forces. Elles n'étaient que cinq en commençant; mais bientôt elles formèrent une phalange compacte et disciplinée, qui, insensiblement, gagnait des adhérants jusque dans les rangs opposés : mais aussi, quel changement dans les mœurs parlementaires ! Plus de ces discussions tumultueuses où tout le monde veut parler à la fois; plus de ces interruptions malséantes qui prenaient autrefois un caractère injurieux et jetaient le trouble dans les idées des orateurs peu familiarisés avec ce genre de pugilat moral; la présence de femmes dignes du respect de tous imposait une réserve pleine de convenance dans la tenue, dans les attitudes, dans le ton, les manières et surtout les paroles; on écoutait un adversaire avec calme et on le contredisait avec politesse; de sorte que la sonnette du Président n'était sur sa table que pour la forme et qu'il n'avait plus l'occasion de s'en servir. Tout le monde applaudissait à ce changement radical qui, entr'autres avantages, avait celui d'utiliser le temps consacré aux séances. d'expédier plus promptement les affaires mises en délibération, d'apporter plus de soin à la rédaction des lois, afin de n'y rien laisser d'obscur ni d'imparfait.

C'est ainsi que l'introduction d'un élément nouveau dans la représentation nationale, rappela sans effort au sentiment des convenances, ceux de sès membres qui s'en étaient écartés. Et pourtant ce n'était pas une majorité qui changeait ainsi le ton général de l'Assemblée et la dominait à son insu. Les femmes n'y étaient encore qu'en petit nombre ; mais toutes étaient remarquables par la hauteur de leur intelligence et par la culture de leur esprit. Quelques-unes joignaient à ces avantages celui de la beauté qui ne nuisait pas à leurs succès oratoires.

Combien n'a-t-on pas vu dans les *couches* supérieures de la société — qu'on me pardonne ce mot devenu célèbre dans un sens tout différent — combien n'a-t-on pas vu de femmes douées des plus brillantes qualités, réduites à remplir admirablement le rôle secondaire de maîtresse de maison, tandis que leur mari, poussé par la faveur, ne faisait qu'un ministre médiocre ou un diplomate malhabile ?

Si nos stupides institutions ne leur eussent pas interdit toute ingérence dans les fonctions publiques, est-ce que les affaires de l'Etat n'eussent pas été mieux dirigées par les femmes que par des titulaires incapables ?

Ces femmes-là, hâtons-nous de le dire, sont des exceptions ; mais en toutes choses n'y a-t-il pas des exceptions dont il faut savoir se servir quand elles peuvent conduire au bien ?

Il ne nous faut pas des femmes de ministres par centaines. Le nombre des femmes députés peut aussi être réduit sans inconvénient, pourvu qu'en elles la qualité compense la quantité ; parce que tant qu'elles auront pour elles la raison et le bon droit elles trouveront dans le côté des hommes un appoint considérable qui fera pencher la balance en leur faveur.

Si nous descendons de la sphère des exceptions, nous trouvons dans tous les

6

rangs des femmes parfaitement à leur
place. Les unes bornent leur ambition à
rendre heureux l'homme qui les a choi-
sies, à bien élever leurs enfants, à faire
régner dans leur ménage l'ordre et
l'économie ; d'autres concourent par leur
travail et leur surveillance à la prospérité d'un commerce ou d'une industrie ;
des demoiselles qui n'ont pas la bosse
du mariage, ou bien à qui l'occasion ne
s'est pas présentée, s'appliquent à devenir capables de remplir un emploi quelconque; il en est qui n'ont pas d'autre
perspective que de rester ouvrières ; il
en faut pour tout le monde et il y en a
pour tous les goûts.

Cette digression m'a entraîné un peu
plus loin que je ne le voulais ; mais je
ne le regrette pas.

Revenons à notre histoire du siècle qui
est en train de s'écouler.

La session législative de 1972 venait
de s'ouvrir. On avait vérifié les pouvoirs

des nouveaux membres et le groupe féminin s'était accru dans la proportion du quart au tiers de l'Assemblée. Il n'en fallait pas davantage pour monter à l'assaut des derniers abus et compléter la plus grande réforme des temps modernes. C'était au Code Napoléon qu'on allait s'attaquer, afin d'en extirper tous les articles défavorables au sexe féminin.

On s'était secrètement préparé depuis longtemps à cette œuvre difficile qui allait changer les principales conditions de l'ordre social, non pour le renverser, mais pour en affermir les bases. Une grande commission s'était formée en dehors de l'Assemblée législative et l'on y avait appelé toutes les femmes dont les facultés éminentes pouvaient être utilisées dans la campagne décisive qu'on allait entreprendre. Plusieurs savants jurisconsultes, convertis à l'idée nouvelle, offrirent le concours de leurs lumières et furent accueillis avec empressement dans le sein de la commission.

Il fut décidé que l'examen des articles du Code n'aurait point lieu dans leur ordre numéral, mais qu'on irait au plus pressé en dirigeant toutes les batteries assaillantes sur les dispositions qu'il était le plus urgent d'abolir et, du consentement général, le feu s'ouvrit contre le Chapitre VI, qui traite *des Droits et des Devoirs respectifs des époux.* C'était comme on dit : prendre le taureau par les cornes !

Pour offrir à l'avance un gage d'impartialité dans les débats qui allaient surgir, la commission nomma un Président et une Présidente dont les fonctions devaient se borner à maintenir l'ordre et, à faire observer les égards dûs aux personnes tout en assurant la libre manifestation des idées individuelles.

Un secrétaire ayant commencé la lecture de ce fameux chapitre VI, quelqu'un demanda la suppression dans le titre du mot *respectifs*, comme n'indiquant pas clairement le caractère des *droits* et des *devoirs* dont il s'agit. Dire qu'ils sont *respectifs* ne signifie pas d'une façon absolue qu'ils sont ou ne sont pas identiques. Plusieurs héritiers, dans une succession, ont chacun sa part *respective*, mais ces parts peuvent différer d'importance, comme aussi elles peuvent être égales sans cesser d'être *respectives*. « Il est temps, dit-il, de faire cesser » l'équivoque qui est ordinairement une » porte ouverte à l'injustice, mettons » *réciproques* à la place de *respectifs*; » les époux sauront, du moins, à quoi » ils s'engagent. »

Cette observation parùt si juste que la proposition fut adoptée à une grande majorité.

De même qu'un obus éclatant au milieu d'un magasin à poudre fait sauter toute la forteresse, l'introduction du mot *réci-*

proques dans le titre du chapitre VI, démolit ce chapitre tout entier, à l'exception de l'article 212, qui se trouvait désormais en parfaite harmonie avec son nouveau titre.

« *Article* 212. *Les époux se doivent* » *mutuellement fidélité, secours, assis-* « *tance.* »

— Que demandent donc les dames ? interrompit un membre de l'opposition ; elles ont déjà la *mutualité* dans les choses les plus essentielles ; que peuvent-elles désirer de plus ?

— Oui, c'est fort beau sur le papier, objecta une respectable matrone ; mais, dans la pratique, où trouverez-vous cette mutualité ou cette réciprocité, comme vous voudrez l'appeler, entre deux époux dont l'un trompe l'autre ? Si c'est la femme, l'opinion publique la flétrit et le tribunal la condamne à un emprisonnement qui peut aller jusqu'à deux ans. Si c'est le mari, il en est quitte tout au plus pour une légère amende et ses amis le complimentent sur ses bonnes fortunes! C'est révoltant! moi, je demande le bagne pour l'un comme pour l'autre.

— Madame, reprit le Président avec douceur, votons d'abord l'article tel qu'il est. La question de pénalité se représentera ultérieurement.

Quand la voix du Secrétaire annonça que la discussion allait s'ouvrir sur l'article 213, on entendit dans les profondeurs de la salle un murmure sourd semblable aux premiers grondements d'un orage loiutain.

Il se fit un silence pour entendre la lecture de ce redoutable article ainsi concu :

« *Le mari doit protection à sa femme,* » *la femme obéissance à son mari.* »

— C'est bon en Turquie! dit une voix railleuse.

— En Turquie on achète les femmes; en France il faut les obtenir de leur libre volonté.

— C'est pour cela qu'elles obéissent si peu, réplique un opposant.

— A bas l'article 213!

— Non, non, il faut le maintenir et surtout le faire exécuter.

Des cris redoublés de : à bas l'article 213! couvrent la voix du défenseur de cette disposition mal sonnante. Le président et la présidente n'ont pas trop de leurs deux sonnettes pour faire cesser ce tumulte et rétablir le calme dans l'auditoire. Le premier exhorte les hommes à ne pas abuser de la force de leurs poumons pour empêcher l'opinion contraire à la leur de se produire. « Dans » une réunion telle que la notre, dit-il, » le bruit ne doit pas l'emporter sur la » raison. Il faut persuader, mais non assourdir ses adversaires, sachez écouter » les autres, si vous voulez qu'ils vous » écoutent quand vous parlerez à votre » tour. »

— Mesdames, dit la présidente, votre cause est juste et belle, ne la compromettez pas par trop d'ardeur à la défendre. Vous avez obtenu à force de patience et de retenue des avantages dont vos mères étaient privés. Sachez les conserver et en acquérir de plus grands en montrant par votre modération et votre sagesse que vous en êtes vraiment dignes.

Ces deux allocutions quoique très-courtes reçurent l'approbation générale et l'on se prépara à discuter paisiblement et à entendre discuter sans interrompre.

Le premier orateur inscrit commença par une déclaration de principes nettement exprimée.

— Je voterai, dit-il, pour le maintien de l'article 213 dans toute son intégrité, parce que la femme étant, sous tous les rapports, inférieure à l'homme, il est naturel, il est juste qu'elle lui obéisse. Je supplie humblement les dames ici présentes, de ne pas s'offenser de l'inconvenance de mes paroles. Je leur suis inférieur par le mérite, je le reconnais sans peine ; mais elles forment ici une exception, et les lois ne sont pas faites pour les exceptions.

Un fin sourire glissa sur les lèvres de la partie féminine de l'auditoire, tandis que, dans les groupes d'hommes, on grommelait entre les dents : Vil flatteur.

— Si l'on consulte l'histoire, reprit l'orateur, et il faut toujours la consulter car le tableau du passé est la leçon du présent et de l'avenir, on y verra que partout et dans tous les temps, chaque fois que la femme a voulu s'affranchir de l'obéissance qui est imposée à son sexe, il n'est résulté de cette infraction aux lois divines et humaines que des malheurs et des crimes. Pour le prouver je ne remonterai pas plus loin que la création du monde. — (*Rire général.*) — La première femme, Ève, à peine sortie des mains du Créateur, innocente et pure, rencontre une vilaine bête qui lui donne de mauvais conseils et la voilà non-seulement qui désobéit au Seigneur, mais encore qui entraîne son mari à imiter sa désobéissance. Vous me direz qu'Adam aurait dû montrer plus de caractère, Ève n'en est pas moins la première péche-resse. Après elle vinrent la femme de Loth, Dalila, Jésabel, Athalie ; la Grèce eut ses courtisannes, Rome ses impéra-trices ; la France vit Frédégonde, Isabeau de Bavière et Catherine de Médicis ; l'An-gleterre sa reine Elisabeth , la Suède Christine, la Russie Catherine II. Ces trois dernières sont réputées grandes parce qu'elles ont su se faire obéir ; mais les peuples n'ont pas béni leur mémoire. A la vérité, on pourrait dire pour la justification de toutes ces femmes célè-bres, qu'elles ne connaissaient pas l'arti-cle 213 du Code Napoléon. Pour nous qui avons le bonheur de le posséder, gardons-le comme un frein salutaire à l'amour de la domination qui l'emporte dans le cœur des femmes sur tous les autres amours.

Ce discours, quoique prononcé avec des formes académiques pour adoucir les traits acérés lancés contre le sexe qu'on plaçait ainsi sur le banc des accusés, fut accueilli froidement. Quelques timides applaudissements essayèrent de donner le signal d'une adhésion plus prononcée ; mais cela ne prit pas. Un seul des assistants se leva, sans quitter sa place, et demanda la parole qui lui fut aussitôt accordée.

C'était un assez bel homme, d'une encollure un peu épaisse et d'une prestance qui tenait à la fois de la suffisance et de la vulgarité. Sa physionomie était souriante et ce fut avec un air satisfait de lui-même qu'il commença par ces mots en forme d'adresse : Messieurs et Mesdames.

— A la tribune ! A la tribune ! lui cria-t on de divers côtés.

— Je suis on ne peut pas plus sensible, dit-il avec une modestie affectée ; l'honneur de cette tribune serait le souvenir de toute ma vie trop grand pour le peu que j'ai à dire.

— C'est un descendant du célèbre Joseph Prudhomme, disait-on tout bas autour de lui.

— Cependant, reprit-il, si ce puissant aréopage dont auquel je suis à ses ordres l'exige.....

— Oui, oui ! à la tribune !

Et voilà notre homme qui escalade plusieurs banquettes, marche sur les robes des dames et gravit l'escalier de la tribune. Il salue l'assemblée et recommence son discours :

— Messieurs et Mesdames, la question qui nous occupe est l'obéissance qu'une femme doit à son mari. Elle doit lui obéir, c'est certain ; mais pourquoi ?..... Je m'en vais vous le dire : Le mariage étant une alliance formée pour la paix comme pour la guerre, il faut nécessairement que cette alliance ait un chef et ce chef doit être obéi. De même qu'un caporal commande à sa patrouille, un capitaine à sa compagnie, un colonel à son régiment, un berger à son troupeau, un curé à sa paroisse, un cocher à son attelage, un mari doit commander à sa femme et à ses enfants qui sont à son égard une patrouille, une compagnie, un régiment, un troupeau, une paroisse et un attelage. Il me semble que c'est clair.

Cette explication fut saluée par une explosion de bravos ironiques dont l'*orateur* ne parut pas comprendre le sens ; mais la Présidente ne voulant pas que cette discussion solennelle dégénérât en mauvaise plaisanterie donna la parole à madame de S....., membre de l'Académie des sciences morales et politiques, femme aussi distinguée par ses vastes connais-

sances et la rectitude de son jugement
que par l'aménité de son caractère.
Arrivée à cet âge indécis qui sert de
limite entre la jeunesse et l'âge mûr, elle
charmait sans être belle, même avant
qu'on ait pu apprécier la grâce de son
langage et la finesse de son esprit. A la
première vue on se sentait attiré vers
elle par la douceur de son regard et
l'harmonie qui régnait dans sa personne
et dans sa mise ; mais dès qu'on l'entendit parler, sa voix pénétrante et sonore,
son accent convaincu, le choix heureux
et toujours juste des expressions qui
semblaient venir d'elles-mêmes interprè-
ter sa pensée gagnèrent tous les cœurs à
sa cause et ses adversaires eux-mêmes
pressentirent qu'une telle femme devait
avoir raison. Nous n'avons pas la prétention de reproduire textuellement son discours ; mais en voici à peu près la
substance :

— C'est une mission de paix et de

concorde que je viens remplir dans cette honorable assemblée, aussi me suis-je bien promis que pas une parole irritante ne sortirait de ma bouche et que toute pensée agressive ou ambitieuse serait bannie de mon esprit. Sans remonter jusqu'à la création du monde pour rappeler ce qui s'est fait et dire ce qu'on aurait dû faire, je prends la société humaine telle qu'elle existe aujourd'hui et je me demande si l'homme et la femme sont nés pour vivre dans un état perpétuel d'antagonisme qui dégénère trop souvent en hostilité ouverte.

L'aspiration universelle est le bonheur, chacun le comprend à sa manière et tous le cherchent dans des voies différentes ; mais bien peu savent le trouver ; car ce qu'on prend pour du bonheur n'est souvent que la satisfaction d'un goût éphémère ou le triomphe momentané d'une aveugle ambition. Pourtant, si l'on consultait mieux son cœur, on sentirait en

soi-même qu'il n'est pas de bonheur plus
parfait que celui d'aimer et d'être aimé,
je ne dis pas d'une seule personne, mais
de tout ce qui nous entoure, famille,
amis, employés, serviteurs, de ne lire
sur toutes les figures que des témoignages d'affection, de ne voir que des gens
empressés à faire ce qu'ils supposent
nous être agréable. Que sont auprès de
ce bonheur-là les plaisirs mensongers
que donnent le luxe, la richesse, les
grandeurs et que l'on paie souvent par
des regrets pleins d'amertume ! Mais pour
jouir des douceurs de cette sympathie
mutuelle dans un cercle restreint d'amis
et de parents, il ne faut pas que deux
autorités rivales viennent en troubler
l'harmonie. Si l'une est tenue d'obéir à
l'autre, il n'y a plus parité de vues, d'in-
tentions, de sentiments, de volontés et,
par conséquent de mérites ; la première
est tout, la seconde n'est rien. Ce que
celle-ci eût fait avec joie de son propre

7

mouvement, elle ne le fera qu'avec dépit
et contrainte si on le lui commande, ou
même elle trouvera des prétextes pour
ne pas le faire du tout ; alors adieu
l'amour, adieu l'amitié, adieu la confiance, adieu le bonheur ! On voit bien
des femmes, je dois l'avouer, puisque je
veux être sincère, on voit, dis-je, des
femmes qui trouvent moyen d'intervertir
les rôles en luttant d'adresse contre la
force et qui parviennent à ne faire que
ce qui leur plaît, tout en paraissant céder
à la volonté de leur mari. Ce ne sont pas
elles que je blâme, mais bien la loi qui
les oblige à dissimuler leurs véritables
sentiments. Demandez donc qu'on retran-
che du Code ces deux mots OBÉISSANCE et
PROTECTION qui ne sont qu'un épouvantail
et une promesse inutiles. S'il y a des
hommes assez lâches pour laisser insulter
leur femme sans la défendre, s'il y a des
femmes assez courageuses pour résister
au mari qui leur commanderait une mau-

vaise action, ce n'est pas un vain serment, dépourvu d'ailleurs de toute espèce de sanction, qui pourrait les faire changer de caractère. — Oui, diraient-ils, j'ai laissé insulter ma femme ; et puis, après ? — Oui, diraient-elles, j'ai désobéi à mon mari ; et puis, après ?.....

Après ?... plus rien. Le Code n'a rien prévu pour des cas qui peuvent arriver tous les jours, et, en vérité, il n'y avait rien à faire.

Madame de S..... avait prononcé ces derniers mots avec une certaine véhémence ; elle se recueillit un moment et reprit ensuite de sa voix la plus mélodieuse :

— L'union de l'homme et de la femme a beaucoup gagné en bonheur et en sainteté depuis que les convenances pécuniaires ont cédé le pas aux convenances morales, depuis qu'on n'épouse plus une jeune fille pour ce qu'elle possède, mais bien pour ce qu'elle vaut par l'intelligence et par le cœur. Ce ne sont plus des sacs d'écus qui se mêlent ensemble au fond d'une caisse, ce sont deux âmes qui s'unissent pour la vie avec réflexion, avec connaissance l'une de l'autre et avec la ferme résolution de remplir fidèlement les devoirs que leur impose cette nouvelle existence. Quant au droit de *commander* et à l'obligation d'*obéir* qu'on leur a fait connaître avant de leur laisser prononcer le Oui solennel, croyez-vous qu'ils y songent? Oh! mon Dieu! dès le premier jour, cette formule aussi bête qu'inutile est déjà loin de leur pensée. Je dis bête parce que toute insolence peut être qualifiée ainsi; inutile, parce qu'elle n'engage à rien. Si la jeune fille d'hier, devenue femme par la vertu d'un mot composé de trois lettres, a du cœur et de l'intelligence, il est à présumer que celui qui l'a choisie pour épouse est doué lui-même de ces deux précieuses qualités; alors peut-il lui venir à l'idée de parler en maître à celle qui est son égale, sa compagne aimée, la moitié de lui-même ? Non, cela n'est pas possible! Voyez-les, quand ils sont ensemble, cherchant à lire dans les yeux l'un de l'autre ce que chacun d'eux peut désirer. S'ils se parlent, c'est toujours en termes affectueux et avec un ton de prévenance réciproque. Si Dieu leur envoie des enfants, alors le rôle de la femme s'agrandit. Pour elle sont tous les égards, tous les petits soins, toutes les attentions délicates; à la moindre douleur son mari craint de la perdre, il s'inquiète, il se désole..... Lui le maître! ah! bien oui; il devient le plus dévoué des serviteurs et il néglige tout pour ne penser qu'à elle. — Mais la santé revient. Les enfants sont d'abord tout à leur mère. Il semble que le père n'y soit pour rien; c'est tout au plus si on lui permet de les aimer. Mais avec le temps ces êtres chéris grandissent et les soins maternels ne leur

suffisent plus ; car les charges pénibles
de l'instruction vont commencer. Alors
l'autorité se partage ; les filles sont sous
la direction de leur mère, les garçons
sous celle de leur père ; mais tous doivent
une égale obéissance à l'un comme à
l'autre ; car ils sont sous la dépendance
d'une double tendresse. C'est la vraie
loi, celle-là, loi que la nature a gravée
au cœur des honnêtes gens et qui n'a
pas besoin pour qu'on la respecte d'être
imprimée dans un code. Mesdames qui
êtes ici présentes, vous partagez mes
sentiments, j'en suis certaine ; enga-
geons-nous donc toutes ensemble à ne
pas nous departir du rôle qui nous est
assigné dans la Société humaine. Ni
despote, ni esclave, la femme est le lien
qui rapproche les partis extrêmes, qui
dompte les passions violentes, qui relève
les courages abattus et leur inspire des
résolutions viriles. C'est sa bienfaisante
influence qui adoucit les mœurs et qui,

par son exemple, enseigne la pratique des vertus modestes. C'est dans l'espoir de lui plaire que l'homme s'applique à corriger ses défauts, que l'artiste s'efforce d'acquérir de la renommée, que le guerrier brave la mort dans les combats. Promettons ici que nous resterons fidèles à ces sublimes devoirs que Dieu lui-même a gravé dans nos âmes et que nous en transmettrons la connaissance à nos enfants, afin de préparer une génération nouvelle digne de continuer l'œuvre d'affranchissement que nous avons si heureusement entreprise.

Madame S..... ayant cessé de parler, toutes les dames se levèrent avec enthousiasme en étendant leurs mains et en prononçant d'une voix unanime : *Nous le jurons !*

L'effet produit par cet élan du cœur, fut si grand que la proposition mise aux voix, pour abolir l'article 213 du Code civil, fut adoptée sans une seule opposition.

La discussion préalable que je viens de rapporter et la résolution qui la termina, bien que dépourvues du caractère officiel, ne tardèrent pas à porter leurs fruits. L'opinion publique déjà édifiée sur l'aptitude des femmes à cultiver les arts, les lettres et les sciences, à se former à la pratique des emplois administratifs et même à l'exercice des fonctions politiques, se prononça ouvertement en faveur du projet d'effacer jusqu'aux dernières traces de l'humiliante situation que ce sexe avait subie pendant un si long espace de temps. Les anciens préjugés n'eurent bientôt plus pour défenseurs que ces caractères insociables qui veulent qu'autour d'eux tout cède à leur volonté, à leurs caprices et qui n'ont pas honte de recourir à la force brutale quand une femme essaie de leur résister. Le petit nombre de ces adversaires constants de ce qui est bien et de ce qui est juste, ne pouvait lutter longtemps contre le vœu de la généralité du pays. Le gouvernement se décida enfin à présenter au Corps législatif un projet de réforme des divers codes en ce qui concernait particulièrement les droits de l'homme et de la femme.

C'était un immense travail. Je n'abuserai pas de la patience du lecteur en suivant pas-à-pas l'honorable assemblée dans les transformations et les éliminations qu'elle fit subir à cet arsenal où étaient entassées des armes de tous les temps et de tous les régimes. Il va sans dire que l'article 213 fut supprimé sans la moindre opposition.

Le titre de chef de la communauté fut retiré au mari et le consentement de la femme devint exigible dans toutes les affaires où les intérêts communs se trouveraient engagés, afin qu'il ne dépendit plus d'un époux prodigue ou aventureux de ruiner sa femme et ses enfants par des dépenses au-dessus de ses moyens ou par des entreprises insensées.

Le consentement du père suffisait pour le mariage de ses enfants jusqu'à l'âge de vingt-cinq ans révolus. La mère ne devait pas même être consultée à moins qu'elle ne devint veuve! Si dans la pratique des familles honnêtes il était d'usage que l'aspirant à la main d'une jeune personne adressât sa demande simultanément au père et à la mère, c'était de sa part un acte de pure courtoisie, ou plutôt un hommage volontaire rendu à la dignité maternelle ; car, légalement, il n'y était pas obligé. Le Corps législatif changea tout cela et décida que, garçon ou fille, on ne pourrait se marier du vivant du père et de la mère, avant l'âge de vingt-cinq ans révolus sans le consentement de l'un et de l'autre.

Un point excessivement délicat et sur lequel on discuta longtemps, était la disposition de l'article 340 qui porte que *la recherche de la paternité est interdite*.

Il y avait beaucoup de raisons à faire valoir pour le maintien de cet article; il y en avait beaucoup aussi en faveur de sa suppression. D'une part on disait que laisser à des filles de mauvaises mœurs, la faculté d'attribuer au premier venu les fruits de leur libertinage, c'était exposer les hommes les plus honorables à se voir forcés de gratifier le vice, de pourvoir à l'éducation d'enfants qui leur sont étrangers, d'essuyer la honte d'actions qu'ils n'ont pas commises, de perdre la confiance et le respect de leur propre famille. D'un autre côté, on fit un tableau déchirant du sort de tant de pauvres jeunes filles qui trompées dans une affection, qu'elles croyaient partagée, sont lâchement abandonnées par les infâmes qui ont abusé de leur innocence. Que leur reste-t-il alors? Les regrets et la misère. Les unes ayant perdu toute espérance, cherchent un refuge dans la mort. D'autres, égarées par la douleur, ne craignent pas de commettre un crime pour cacher une faute. Qui pourrait compter le nombre des infanticides que les journaux semblent se complaire à enregistrer dans leurs colonnes et qui n'ont pas d'autre cause ? Et les misérables qui sont les véritables auteurs de ces crimes se pavanent en racontant leurs bonnes fortunes ! Et la loi ne peut les atteindre ; car *la recherche de la paternité est interdite !*

L'alternative était embarrassante. Dans un cas comme dans l'autre, il y avait de graves inconvénients à redouter. Cependant on convint que l'interdiction absolue de *la recherche de la paternité* avait favorisé la corruption des mœurs et causé un nombre incalculable de malheurs et de crimes, tandis qu'il y a bien peu de filles mères assez éhontées pour s'attribuer un complice qui n'aurait jamais eu de rapports avec elles. On admit des tempéraments selon les circonstances. La recherche de la paternité fut donc succeptible d'être autorisée ; mais en laissant aux tribunaux le soin d'apprécier les preuves ou, à défaut de preuves, les indices sur lesquels les demandes seraient fondées.

Ce changement important dans la législation eut pour effet de rendre les jeunes gens plns circonspects dans leurs fréquentations et de les engager à s'abstenir de ce que l'on appelle bêtement des *folies de jeunesse,* par crainte des suites qu'elles peuvent avoir.

C'est dans cet esprit de sagesse et d'équité que l'on procéda lentement et avec mesure à des réformes dont tout le monde finit par reconnaitre la nécessité. C'était, en quelque sorte, un nouveau monde que l'on créait, ou plutôt qui se créait de lui-même par la force des choses. Les femmes ayant conquis la place qui appartenait à leur sexe dans l'ordre social tinrent à honneur de la conserver. Le plus sûr moyen d'y parvenir était de donner à leurs filles l'éducation la plus convenable à leur situation et au rôle qu'elles pouvaient être appelées à jouer dans la comédie humaine. L'exemple étant venu de haut, ainsi qu'il vient toujours, en bien comme en mal, gagna de proche en proche, sans contrainte et sans efforts. On avait été méchant, dissolu, parce que c'était la mode, mais la mode ayant changé l'on se trouva si bien que personne n'eut l'envie de revenir aux anciens usages.

Ah! si les grands de la terre savaient combien un petit mal qu'ils font produit de grands maux parmi leurs inférieurs, comme ils veilleraient sur eux-mêmes!

Le lecteur n'a peut-être pas oublié qu'au commencement de ce récit fantaisiste je l'ai introduit dans l'intérieur d'une famille d'honnêtes bourgeois qui avaient réalisé chez eux, de la façon la plus heureuse, les améliorations obtenues par un ensemble de volontés persévérantes et habilement dirigées. On se souvient, sans doute aussi d'un certain oncle Bénard qui, après quarante ans d'absence, ne reconnaissait plus son pays et se trouvait plus étranger au milieu de Paris qu'il ne l'avait été à la Chine et au Japon. Il avait suivi avec un véritable intérêt les derniers changements opérés dans la législation en faveur des femmes et répétait souvent à ses nièces :

— Où, diable ! vont-elles donc nous mener, ces gaillardes-là ? Après avoir secoué l'obéissance comme une vieille défroque usée, elles voudront, c'est sûr, nous faire obéir à notre tour. Ah ! mais non, ça ne me va pas et je m'insurge, entendez vous, mes poulettes. Si j'avais une femme il ne faudrait pas qu'elle s'avisât de me commander.

— Cher oncle, dit mademoiselle Honorine, qui rentrait du tribunal où elle avait fait acquitter un pauvre diable accusé d'avoir volé trois poules, en prouvant que ces prétendues poules étaient des canards ; *ergo,* l'accusation était fausse.

— Si vous aviez une femme, cher oncle, malgré vos sourcils noirs et votre grosse moustache grise, avec de jolies petites manières, elle ferait de vous tout ce qu'elle voudrait. Elle se garderait bien de vous rien commander ; mais elle vous conduirait gentiment avec un joli petit fil de soie.

— Je voudrais bien voir cela !

— Vous ne verriez pas le fil. D'ailleurs, nous sommes plus raisonnables que vous ne le pensez ; qu'avons-nous toujours demandé ? L'égalité entre les deux sexes. On nous l'a donnée, nous sommes satisfaites. Touchez-là, mon oncle ; entre nous, il n'y a ni vainqueurs ni vaincus. Le droit et la raison ont seuls remporté la victoire.

Quelques jours après cette petite escarmouche qui ne devait pas dégénérer en bataille rangée, toute la famille Desgranges était réunie dans le petit salon de la

maison de commerce Pierre Desgranges
fils, dont le magasin de soieries était le
plus brillant et le mieux achalandé de
tout le boulevard Sébastopol. On était
en plein mois de novembre, ce qui ex-
plique pourquoi ce groupe d'honnêtes
gens avait déserté l'élégant chalet des
bords de la Seine pour rentrer dans le
tourbillon d'affaires et de plaisirs dont
Paris offre le curieux spectacle pendant
six mois de l'année. Il faisait froid au
dehors; mais grâce à un système de chauf-
fage nouvellement inventé, les magasins,
les bureaux, les appartements, les cor-
ridors, les escaliers à tous les étages
jouissaient d'une température douce et
bienfaisante qui ne permettait pas à
l'hiver de faire sentir ses rigueurs, du
moins à l'intérieur des habitations. Une
lumière claire et limpide régnait partout
sans fatiguer la vue. C'était celle d'un
gaz perfectionné qui avait remplacé le
le gaz ordinaire et proscrit pour toujours

8

l'odieux pétrole, cause de tant de malheurs !

Dans cette réunion intime chacun était occupé. Desgranges fils rendait compte à son père des opérations de la journée et recevait ses conseils pour celles des jours suivants. Madame Desgranges travaillait avec sa fille aînée à une charmante layette pour un futur bébé qu'on attendait avec impatience. De temps en temps la jeune femme se levait pour montrer à son mari, M. Forestier, un des jolis ouvrages qu'elles venait de terminer, tandis que celui-ci dessinait à l'estompe le croquis d'un tableau d'histoire dont il avait conçu l'idée. L'oncle Bénard causait à demi voix avec Mademoiselle Prudence et lui soutenait que les sauvages sont beaucoup plus forts en médecine que nos plus savants docteurs; car ils ne se laissent pas égarer par les faux systèmes et les doctrines contradictoires; mais quand ils ont découvert et expérimenté un remède qui guérit, ils en propagent la connaissance et la transmettent de génération en génération, de sorte que leur science quoique bornée, reste toujours une, qu'elle s'enrichit lentement, mais qu'elle ne s'appauvrit jamais.

Il ne manquait à cette réunion quotidienne que Mademoiselle Honorine, le gentil avocat, et l'on commençait à s'étonner de son absence, lorsqu'elle entra dans le salon, chargée d'une énorme liasse de papiers imprimés qu'elle jeta sur un canapé en disant :

— Voilà les pièces d'un curieux procès. C'est celui du dix-neuvième siècle !

— Tout celà ? demanda-t-on.

— Oh ! ce n'en est qu'une faible partie. La charge étant trop forte pour tout emporter, je n'ai pris qu'un spécimen de chaque époque, suffisant pour en montrer le caractère dominant.

— Y a-t-il un nom d'auteur ?

— L'auteur, c'est tout le monde; car

j'ai pris à droite, à gauche, au milieu des gazettes de toutes couleurs qui rendaient compte jour par jour de tout ce qui se passait.

— Si c'est la politique, objecta le peintre, nous connaissons celà par les innombrables histoires qu'on en a publiées et qui se contredisent toutes, si bien qu'après avoir tout lu, on ne sait plus ce qu'il faut croire. Il faut convenir aussi qu'il y a cent ans la politique était si embrouillée que les plus malins aujourd'hui ne pourraient reconnaître, parmi tant de nuances d'opinions différentes, qui avait tort, qui avait raison. C'est pourquoi j'ai laissé de côté les grands journaux qui ne nous apprendraient rien, et je n'ai pris que les publications soi-disant littéraires et les petites feuilles à images. S'il est vrai que la littérature d'une nation soit le reflet fidèle de son caractère, de ses mœurs, de ses habitudes, quel monde, bon Dieu! que celui où vivaient nos chers

ancêtres ! ou plutôt quel cloaque infect
que les romans, les pièces de théâtre
et les dessins divertissants offerts en
pâture à leur esprit !

— Tu exagères, ma fille, interrompit
Mme Desgranges, il n'est pas possible
qu'après avoir été si longtemps à la tête
de toutes les nations civilisées par l'esprit,
le bon goût, les sentiments généreux et
les inclinations chevaleresques, la France
soit tombée si bas que tu le dis.

— Je n'invente rien, ma mère ; voici
un paquet de journaux littéraires de
l'année 1873. Il y a juste cent ans. Je n'ai
fait que les parcourir. La plupart publient
en feuilletons des romans où le vice s'étale
avec un cynisme révoltant. Les personnages qui flattent le plus le goût des lec-
teurs de l'époque sont des femmes sans
mœurs, des empoisonneuses, des filous,
des faussaires et surtout des mouchards.
Oh ! pour ceux-ci, on leur fait une célébrité de mauvais aloi ; mais le récit de

leurs exploits vrais ou faux et le tableau
de leur vie accidentée font la fortune des
libraires et des propriétaires de journaux.
Pas un livre vraiment littéraire ne se
distingue dans ce bazar de vilenies. Les
bons auteurs sont devenus muets ; à quoi
bon écrire, d'ailleurs ? on ne les lirait
pas !

— Et que dit-on du théâtre ?

— Il ne valait guère mieux, s'il faut en
croire les critiques du temps. Il y avait
bien encore quelques hommes d'esprit
qui tentaient parfois de revenir à la
bonne et saine littérature dramatique ;
mais ils n'obtenaient que des succès d'estime, tandis que des platitudes, des charges burlesques entremêlées d'exhibitions
indécentes attiraient longtemps la foule.
Le théâtre français vivait de l'ancien ré-
pertoire malgré l'infériorité de ses inter-
prètes modernes. Au grand opéra, Meyer-
beer, Rossini et Halévy n'avaient pour
successeurs que Gounod et Ambroise

Thomas et ce n'était pas un progrès. L'opéra-comique où trônait jadis la vraie musique française, n'avait pas encore pu trouver des remplaçants à Auber, à Hérold, à Boïeldieu. Les théâtres de mélodrames en étaient réduits à reprendre avec de nouveaux décors et de nouveaux trucs le vieilles féeries dans le genre de l'éternel *pied de mouton..* Les théâtres d'opérettes faisaient seuls de bonnes affaires avec des farces ignobles telles qu'*Orphée aux enfers, la belle Hélène, la Grande Duchesse, Geneviève de Brabant* et, en descendant toujours jusqu'à l'*Œil crevé* et *la Timbale d'argent.*

— Qu'est-ce que toutes ces pièces là ? demanda madame Forestier.

— Parbleu ! dit l'oncle Bénard, on en parlait encore dans ma jeunesse, et l'on se demandait comment les gens du dix_neuvième siècle avaient pu s'amuser de pareilles sottises ; mais mon grand-père qui avait vu ce temps-là en rejetait la

faute bien moins sur les Français que sur
les étrangers. Notre pays, après quelques
années de tranquillité, avait grandi d'une
manière incroyable en gloire, en force et
en richesse. Si on faisait la guerre, c'était
chez les autres et l'on ne s'en apercevait
pas chez nous. Le commerce marchait
comme sur des roulettes ; en peu d'années on faisait fortune ; l'or devenait si
commun que, pour acheter un quart de
tabac, l'ouvrier était obligé de changer
une pièce de vingt francs. Paris était
toujours en fête et les riches étrangers y
accouraient de toutes les parties du monde,
si bien qu'on l'appelait la capitale de l'uni-
vers. Mais tous ces grands seigneurs qui
avaient des millions à dépenser et des
goûts peu délicats ne trouvaient aucun
agrément dans les œuvres des meilleurs
auteurs qu'ils ne pouvaient comprendre.
Ce qu'il leur fallait c'était de grosses
bêtises assaisonnées de mots graveleux
et de postures indécentes, où figuraient

des filles plus ou moins jolies, mais très dévergondées qui ne montaient sur les planches que pour tenter les amateurs ; quelques-unes de ces créatures, sans esprit, sans talent, eurent l'art de se faire donner des ameublements somptueux, des chevaux, des voitures, des diamants ; elles acquirent ainsi une honteuse célébrité. Ce fut alors une émulation générale parmi les fillettes qui préfèrent le plaisir au travail, et ne trouvant pas toujours des princes russes et des lords anglais à débarrasser de leur superflu, elles se rabattirent sur nos fils de famille et sur les joueurs heureux de la Bourse pour dévorer les héritages des uns et les bénéfices des autres. Des hommes d'un certain âge et bien posés dans le monde se laissaient aller à cet engouement inexplicable et ne rougissaient plus de se montrer en public avec ces donzelles impudentes qui ne valaient pas, à beaucoup près, les simples grisettes chantées par le bon vieux Béranger. Ce qui indignait le plus mon grand père c'est que cette dépravation morale ne s'était pas arrêtée aux rangs élevés de la société, mais qu'elle avait gagné les classes moyennes, mis le trouble dans les ménages et empoisonné le bonheur des familles.

— Ce que vient de dire votre oncle, mes enfants, est l'exacte vérité, reprit M. Desgranges père, qui venait d'interrompre son entretien sur les affaires du commerce pour prendre part à la conversation générale, j'ai entendu raconter les mêmes choses, il y a bien longtemps, par des vieillards dignes de foi. Le monde est singulièrement changé depuis cent ans; mais celà n'est pas venu tout d'un coup, oh! non. L'ancienne génération était trop gangrénée pour qu'on pût espérer sa guérison; mais, heureusement, elle ne devait pas toujours durer. A mesure que disparaissait un de ces vieillards précoces qui avaient dissipé leur bien et ruiné leur santé dans l'orgie et dans la débauche, les jeunes désœuvrés qui ambitionnaient l'honneur de marcher sur leurs traces commençaient à songer aux suites de cette vie de désordre et à craindre sérieusement les infirmités, les maladies incurables, le danger des liaisons honteuses et la perte de leur réputation. Pour un qu'on enterrait il y en avait dix qui revenaient à de meilleurs sentiments. La bonne société les accueillait à bras ouverts ; quant aux autres, ils étaient impitoyablement bannis de toutes les réunions où leur présence aurait fait tache. Ceci est de nos jours et nous pouvons en parler savamment. On n'admet plus à son foyer, sur une recommandation banale, des personnages dont la moralité n'est pas suffisamment connue, quels que soient, d'ailleurs, leurs titres et leur fortune. Les étrangers surtout, parmi lesquels se glissent si facilement des chevaliers d'industrie, sont en quelque sorte mis en quarantaine avant d'être reçus dans les maisons respectables. Eux qui, autrefois, se posaient en modèles pour le mauvais ton et les modes ridicules, sont obligés maintenant de se conformer aux nôtres ou bien d'aller montrer leur suffisance et leur nullité dans cette société batarde qu'un auteur trop indulgent a qualifiée un jour de *demi-monde.*

— Tu oublies, fit observer madame Desgranges, de dire à qui nous devons ce grand changement dans les caractères et dans les mœurs. Ah ! monsieur mon mari, c'est de l'ingratitude !

— Ma chère amie, je n'ai garde d'oublier que ce sont les femmes qui, les premieres, nous ont donné le bon exemple ; mais elles nous devaient bien celà, après en avoir offert tant de mauvais dans les siècles précédents.

— Il faut oublier le mal et ne se souvenir que du bien, dit à son tour l'oncle Bénard. Pour moi, je suis émerveillé de tout ce que j'ai vu depuis mon retour en France. Autrefois, la politique se fourrait partout ; ou disputait sans cesse pour des mots que le plus grand nombre ne comprenait pas ; on se haïssait sans savoir pourquoi ; de pauvres diables qui ne savaient pas régir leurs propres affaires donnaient avec emportement des avis saugrenus sur celles de l'Etat ; l'esprit de parti tenait lieu de science, de talent et même de probité ; professer telle ou telle opinion était ordinairement le meilleur moyen de parvenir au sommet de l'échelle ; mais il y avait deux courants d'opinion l'un qui aspirait à monter, l'autre qui ne voulait pas descendre. C'est qu'en haut étaient les ministères, les grandes directions, les recettes générales, les préfectures, les sous-préfectures, etc. Le bien public n'arrivait qu'à la fin de cette liste, c'est pourquoi on ne s'en occupait pas. Aujourd'hui, quelle différence ! le Gouvernement, qui n'est plus harcelé sans cesse par une

opposition ambitieuse et malveillante,
peut consacrer tous ses instants à réformer les abus, à perfectionner les bonnes
institutions, à encourager l'agriculture,
l'industrie et le commerce, à diminuer
les charges de l'Etat en supprimant tous
les emplois inutiles, ce qui lui permet
de réduire les impôts au strict nécessaire
et de contenter le peuple en lui rendant
la vie agréable. Il n'est pas difficile le
peuple. Ce matin, j'interrogeai un petit
boutiquier qui arrangeait sa marchandise
en fredonnant une vieille chanson. « Vous
paraissez content ? » lui demandai-je. —
Comment ne le serais-je pas ? « me répon-
» dit-il ; mon petit commerce me donne de
» quoi vivre à ma guise ; je fais ce qui me
» plaît, je dis ce que je veux, je vais à
» droite, à gauche ou bien je reste chez
» moi sans que personne ait le droit se
» mêler de mes affaires. D'ailleurs, je
» suis si bien chez moi ! j'ai une femme
» douce et bonne ; un vrai mouton quoi !

» Des filles sages et bien élevées, des gar-
» çons laborieux et honnêtes. Si on n'était
» pas content avec tout ça on serait bien
» difficile. Tenez, monsieur, j'entends
» quelquefois des gens qui se plaignent ;
» mais ce sont des fainéants qui voudraient
» que le Gouvernement les nourrisse à
» rien faire. » — Eh bien ! il faut en convenir, mes enfants, quand le peuple rai-
sonne ainsi, c'est qu'il est heureux.

— Et ce bonheur-là, reprit madame
Desgranges ce sont les femmes qui le lui
ont procuré en moralisant la société
toute entière.

AVIS AUX FEMMES DE NOS JOURS

—

Mesdames, si ce petit tableau vous plaît, si le sort qu'il vous prédit vous paraît digne d'envie, il dépend de vous qu'il devienne une vérité. *Ce que femme veut, Dieu le veut.* — Vous n'avez qu'à vouloir et il ne faudra pas cent ans pour que votre sexe, en prenant possession de tous ses droits, ait assis sur des bases inébranlables le bonheur de l'humanité.

Louvain, imp. A. Le Convre.

Imp. LESGUILLON, Roubaix

www.ingramcontent.com/pod-product-compliance
Lightning Source LLC
Chambersburg PA
CBHW060816250626
47162CB00005B/1816